KB118011

결혼하면
애는 그냥
생기는 줄
알았는데

결혼하면
애는 그냥
생기는 줄
알았는데

최가을 지음

아우름

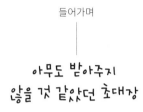

아무도 받아주지 않을 것 같았던 초대장

    임신의 순간까지, 모든 임신한 여성과 그 파트너에게는 각자의 이야기가 존재한다.

    나와 남편은 치열한 고민 끝에 아기를 갖기로 결심했으나 정작 그후 아기가 오랫동안 생기지 않아 애를 태운 경우다. 자연임신 시도부터 시작해서 근종 수술을 거쳐 시험관 시술까지 갔고, 실패를 거듭하다가 막바지엔 가능한 거의 모든 처치를 시도해봤다.

    아이 없이 살까, 남편과 오랜 기간 고민하다가 아이 있는 삶을 선택했고, 그 '선택'이라는 게 얼마나 오만한 생각이었는지 난임 기간을 거치면서 깨달았다.

    우리가 아기를 선택하는 게 아니라 아기가 우리를 선택한다.

피임을 해제하겠다는 것까지가 두 성인의 합의에 따른 선택이었고, 그후부터 우리의 바람대로 흘러간 일은 아무것도 없었다.

그렇게 난임 기간이 길어지자 우리는 아무도 받아주지 않는 초대장을 들고 거리에 우두커니 서 있는 사람이 된 기분이었다. 아기들이 하늘 어딘가에 모여 자기가 내려갈 집을 고른다길래 남편이랑 "야! 우리집이 그렇게 마음에 안 들어? 뭐가 문젠데 왜 우리집에만 이렇게 안 와? 우린 하루하루 늙어가는데 좀 서둘러야 하지 않겠니!"라고 (심리적 피를 토하며) 농담한 적도 있다.

그러니 우리집의 경우, 우리가 아이 있는 삶을 택한 것이 아니라 아기들이 와준 덕분에 우리 부부가 아이 있는 삶을 살 수 있게 됐다.

처음 이 글을 쓰기 시작한 것은 임신 중기 출혈로 입원했을 때였다. 내 옆 침상에는 뭐 때문인지는 모르겠지만 조산을 방지하기 위해 출산까지 누워서 버티는 사람이 있었고, 내 앞 침상에는 방금 출산을 마치고 나와서 움직일 때마다 비명을 지르거나 끙끙거리는 사람이 있었다. 인터넷 카페에서 임신 중기 출혈, 피 고임, 절박유산 등으로 검색을 하도 많이 해서 더이상 접할 정보도 없을 때였다. 거의 대부분 같은 소리였다. 의학적으로 할 수 있는 게 없다, 절대안정을 취하고 아기들이 잘 버텨주기를 믿자. 두려움을 떨치기 위해 책도 보고 드라마도 보고 예능 프로그램도 봤지만 큰 효과가 없었다. 병원 천장을 멍하니 보다가 휴대전화 메모 앱을 열어 글을 쓰기 시작했다.

하혈이 시작된 날은 안정기의 시작이라는 12주를 맞아 한 조리원을 방문했을 때였다. 조리원 화장실에 갔다가 변기 물이 온통 새빨개질 정도로 하혈을 해서 급하게 병원 진료를 봤다. 배에 젤을 쓱쓱 바르고 침묵 속에 초음파를 보는 몇 분. 까만 화면에 하얗게 꿈틀거리는 아기들의 모습이 보이긴 했지만, 나는 초음파 화면을 판독할 능력이 없으니 의사가 입을 열기를 기다리는 수밖에 없었다.

"절박유산이네요."

그동안 나 같은 환자를 수없이 봤을 의사는 담담했다. 절박유산은 간단히 말해서 유산할 위험이 있다는 뜻인데, 임신한 뒤 임신 관련 책을 읽으면서도 유산 부분은 일부러도 읽지 않았기 때문에 정확히 무슨 말인지 모르고 있었다. 배를 드러내고 무력하게 누워서 '대체 무슨 말이지, 유산이 됐다는 건가' 너무 놀라서 눈물도 나지 않았다.

첫번째 하혈을 하고 입원했다 퇴원하고, 집에 돌아가서 일주일 만에 또 출혈이 시작되어 두번째 입원을 했다. 병실 자리가 나길 기다리면서 분만실 침대에 누워 있는데 옆방에서 진통중인 산모가 '끄아아아' 비명을 질렀다. 무사히 출산까지 버티고 싶은 마음에 그

진통 소리가 부러웠다. '아직 20주도 안 됐는데, 쌍둥이 만삭이라는 37주까지 잘 버틸 수 있을까.' 하루에도 몇 번씩 엄마 뱃속에 잘 붙어 있다가 37주에 만나자고 아기들에게 마음속으로 말했다.

앞으로 이러저러한 글을 쓰고 싶다고 목차를 잡고서 남편에게 보여줬다. 남편은 줄줄이 나열된 제목을 가만히 읽더니 말했다.

"여기에 지난 4년간 우리의 기쁨과 슬픔이 다 담겼네."

난임 일기가 기쁘고 밝은 이야기일 리 없으니 객관적으로 태교에 좋을지는 모르겠다. 하지만 마냥 슬프고 어두운 이야기만 담겨 있지는 않겠지. 예상치 못한 인생의 난제와 마주친 모두가 365일 24시간 슬픔에 잠겨 지내는 불쌍한 사람들은 아니니까.

그래도 우리가 아기를 어떻게 기다렸는지, 기다리면서 어떤 고생을 감수했는지 알면 아기들도 훗날 느끼리라. 세상에 나오기 전부터 자기들이 우리에게 얼마나 소중한 존재였는지를. 본인에게 묻지도 않고 어른들 마음대로 이 세상에 초대해놓고 너희들 가지려고 우리가 얼마나 고생했는지 아느냐고 생색내려는 건 아니다. 난임 기간은 분명히 괴로웠지만, 남편과 나는 '난임으로 괴로운 부부'로만 살고 싶지는 않았다. 우리는 어떻게든 작은 조약돌 같은, 순간의 행복이라도 찾아보려고 애쓰면서 난임 기간을 건너왔다. 그냥 그 고군분투에 대해 이야기하고 싶다.

난임 기간 중 가장 힘들었을 때, 남편에게 토로하고 여동생에게 하소연을 해도 속이 풀리질 않아서 어디에라도 난임 일기를 써볼까 생각했던 적이 있었다. 그러나 현재 진행형으로 난임 일기를 쓰다가 영영 아기가 안 생긴다면 그 글을 어떻게 마무리할 것인가, 라는 두려움에 난임 일기는커녕 메모도 남기고 싶지 않았다.

그러니 이렇게 난임 일기를 시작할 수 있는 상황에 감사하고, 아무도 받아주지 않을 것 같아서 이제 그만 때려치울까 했던 초대장을 결국엔 받아준 아기들에게 고마운 마음으로, 일기를 시작해보려고 한다.

차례

서막

딩크로 살까 고민하다

엄마가 되겠다는 결심. 예상치 못하게 아기가 생겼거나, 아기를 기다리던 중에 자연스럽게 아기가 생겼다면 이런 결심의 순간이 필요치도, 중요하지도 않을 것이다.

하지만 피임을 계속할까 말까 오래 고민했던 우리집의 경우, 내가 엄마가 되겠다고 언제 결심하느냐가 중요했다. 남편은 '나는 애가 있든 없든 상관없어. 없는 게 더 편할까 싶긴 해. 네가 굳이 아이를 낳고 싶다면 반대는 하지 않겠지만 딩크로 살면 더 자유로울 것 같기도 해…' 정도의 입장이었다. 정리된 입장인지 심적 혼돈인지는 잘 모르겠지만. 그리하여 결정의 주도권은 나에게 있었다.

엄마가 되겠다고 결심한 그 순간부터 떠올려봤다. '내가 언제 그런 결심을 했지?' 결혼하고 1년 반 후, 라는 답이 나올 줄 알았는데 찬찬히 거슬러올라가다보니 그렇게 단순히 짧은 기간 동안 이뤄진 결정이 아니었다. 내가 본 엄마의 삶, 내가 본 애 키우는 한국 여성들의 삶, 내가 살고 싶었던 내 인생의 그림, 한국에서 남자와 결혼해서 사는 삶 등등이 오랜 시간 얽히고설켜서 만든 거대한 넝쿨과 같은 결심이었다. 그 넝쿨에 대한 이야기는 내 난임 기간과 직접적으로 관계가 없을 수도 있으나 넓게 보면 엄마가 되겠다고 내가 결심한 그 순간이 내 난임 일기의 진정한 시작일 수도 있다.

내가 처음으로 엄마가 되고 싶다고 생각한 건 여섯 살 때였다.

"나는 나는 커어~서 엄마가 될 거야~"

유치원 생일 파티 때 각자 장래희망에 대해 노래하는 자리에서, 나는 아무 의심 없이 엄마가 되고 싶다고 했다. 다른 친구들이 과학자, 대통령, 선생님 이런 직업 이름으로 노래를 부른다는 걸 의식하지 못했다. (이때부터 눈치 없는 성격의 떡잎이 돋아났던 건가…) 내 노래가 끝나자 생일 파티를 보러 온 학부모들이 '와아' 하고 웃었는데, 어린 마음에도 분위기가 뭔가 내 생각과는 다르다 싶었는지 엄마 품으로 달려갔던 기억이 난다. 엄마는 잘했다고, 웃으면서 나를 안아줬는데 그게 따뜻함에 대한 내 최초의 기억이기도 하다. 우리 엄마가 너무 좋아서, 엄마가 내 세상의 전부라서, 엄마가 되고 싶었던 때.

시간이 흘러 대학 진학에 성공하고 법적으로 성인이 되자, 엄마 되기는 더이상 내 장래희망이 아니었다. 혼자서 해보고 싶은 일들, 가보고 싶은 곳들이 차고 넘쳐서 성인의 자유를 만끽하기에도 이십대가 모자랐다. 그 자유가 황홀한 만큼, 결혼이 내 자유의 걸림돌이 될까봐 두려웠다. 어떻게 얻은 자유인데, 이 자유를 결혼으로 뺏길 수 없다. 결혼하면 이 자유는 끝이다. 나의 무의식적인 촉이 경보음을 마구 울리고 있었다. 일찍 결혼하는 친구나 여자 선배를 보면서 다른 친구들이 부러워할 때면 속으로 '대체 뭐가 부럽다는 거지' 하며 어리둥절해할 정도였으니 내 촉이 얼마나 예민하게 곤두서 있었는지 알 만하지 않은가.

그렇게 독신주의자로 이십대의 대부분을 보내면서 취업도 하고, 자리도 잡고, 내가 번 돈으로 노는 재미를 실컷 누리고 나자 삼십대가 됐다. 그제야 슬금슬금 결혼의 긍정적인 면이 보이기 시작했다. 먼저 결혼한 친구들이 재밌게 사는 모습에 '결혼이 그렇게 나쁜 것만은 아닌가보네?' 싶었다. 싱글생활을 즐길 만큼 즐겼는지 엄마가 되겠다고 호언장담했던 여섯 살 꼬마가 슬그머니 다시 고개를 들었다.

마침내 결혼이 하고 싶어졌으나 이미 소위 말하는 결혼 적령기보다 살짝 늦었을 때였다. 남편감은커녕 남자친구 찾기도 힘든 처지였지만, 그럼에도 불구하고 결혼에 대해 사회에서 압박을 가하면서 이러쿵저러쿵하는 말에 동의할 수 없었다.

때가 됐으니 해야 된다는 말을 들으면 결혼하는 때는 당사자가 결정하는 게 아니냐고 묻고 싶었고, 결혼해야 성숙해진다는 말을 들으면 미혼보다 기혼이 더 많은데 왜 이렇게 세상에는 미성숙한 어른들 천지냐고 묻고 싶었다. 게다가 본인의 기혼 인생 및 배우자에게 쓸 신경을 타인의 비혼 인생 참견에 쏟는 사람이 과연 어른인 걸까.

그때 내가 유일하게 동의한 원로의 말씀이 있었으니, 박완서 작가님이 남편과 결혼하기로 한 이유라며 한 말이었다. "남편은 나의 자유를 방해하지 않을 남자 같았다."

그리하여 나는 결혼 상대자를 고를 때 어른들, 심지어 부모님의 말도 귀담아듣지 않고 본 적도 없는 박완서 작가님의 저 말만을 금과옥조처럼 소중히 가슴속에 새기고 있었다. 다행히 내 자유를 침범하지 않는 남자를 찾을 수 있었고, 작가님 말씀을 따른 덕분인지 실제로 결혼생활을 해보니 나쁘지 않은 걸 넘어서서 예상보다 훨씬 괜찮았다.

각자 번 돈은 각자 쓰되 합의하에 일정 금액은 대출금을 갚으며 가정 경제를 굴려가다보니 스스로가 경제적으로 독립된 개체로 느껴졌다. 가사노동을 분담하고 나보다 집안일에 더 능숙한 남편에게 이것저것 배워가면서 결혼 전 내가 얼마나 철없이 엄마의

남편은 나의 자유를
방해하지 않을 남자 같았다.

노동에 기생했는지를 깨달았다. '시집가면' 지겹도록 할 거 지금부터 할 필요가 없다며 엄마는 결혼 전까지 내게 집안일을 시키지 않았다. 물론 염치가 있으면 성인이 된 후에는 내 몫의 가사노동을 직접 했어야 했고, 내 또래 많은 친구들이 그랬던 것 같지만 나는 그러지 못했다. 결혼 후에야 나의 일상을 챙기는 노동을 직접 해보면서 나에게 크게 부족했던 현실적인 결함을 채울 수 있었다.

둘 다 서른 넘어서까지 부모님 집에 얹혀살면서 받았던 구속에서 벗어나 여행 가고 싶으면 아무때나 둘이 어디로든 떠나는 자유도 달콤했다. 그렇게 둘이 신나게 놀다가 그만… 내가 결혼하고 싶었던 이유 중 하나였던 아이를 갖고 싶다는, 오랫동안 막연히 품어온 희망을 새까맣게 잊었다.

그렇다, 독신주의자라고 떠들다가 결국 결혼한 것도 그렇고, 아기 갖고 싶다고 하다가 금세 신혼의 재미에 젖어 애 생각을 잊어버린 사람, 바로 나. 인생의 장기 계획보다는 그때그때의 즐거움이 중요한 소신 없는 자.

둘이 살아도 충만하다. 그게 우리가 그 당시 사회적 기준으로는 늦은 나이에 결혼했음에도 신혼 때 아기를 생각지 않았던 첫번째 이유였다고 생각했다. 그런데 신랑은 앞 문장의 주어가 '우리'라는 건 사실이 아니라고 했다. 자긴 결혼 생각도 별로 없이 살(다가 나같이 괜찮은 여자를 만나서 결혼하게 된 듯)아서 아기를 가질지 말지에 대해서도 그리 진지하게 생각하지 않았다고 한다.

게다가 연애하면서 내가 애를 별로 가지고 싶지 않다는 식으로 말해서 '그런가보다' 하고 수긍했단다. 그런데 난 그런 말을 한 기억이 전혀 없다! 오히려 연애 시절에 신랑이 지금 당장은 아니더라도 애가 있어도 나쁘지 않을 것 같다는 입장을 가졌다고 파악해서 호감도가 높아졌었다. 이렇게 중차대한 문제에 대해 서로 완벽하게 착각하고 결혼했다니. 가슴에 품은 게 폭탄인지 도시락인지도 모르고 전쟁터에 뛰어든 군인이 따로 없었구먼.

딩크를 고민한 두번째 이유는 그즈음 한창 육아 전쟁을 치르던 주변인들이 하나같이 힘들다고 목소리를 높였기 때문이다. 결혼을 다소 늦게 했기에 내가 결혼할 무렵 첫아이가 영유아기를 지나거나 그즈음에 임신한 친구들이 많았다. 결정적으로 결혼 준비 기간에 여동생이 출산해 내 결혼식 즈음엔 한창 신생아 육아중이었다.

우선 여동생네는 조카가 엄마보다 아빠를 더 찾을 정도로 제부가 육아에 적극적이었다. 맞벌이인 여동생네 육아를 위해 친정엄마도 투입됐다. 적극적인 남편과 친정엄마의 도움까지, 대한민국의 통상적인 기준에서는 아주 양호한 육아 환경이었음에도 어른 셋의 인력을 온전히 갈아넣어야 애 하나를 겨우 잘 키워낼 수 있다는 걸 동생네를 보면서 알게 됐다.

동물 다큐멘터리를 보면 망아지들은 태어나면 좀 비틀거리다가 벌떡 일어나서는 혼자 저벅저벅 걸어다니던데, 인간의 아기는 어째서 혼자서 밥도 못 먹고 옷도 못 갈아입고 똥오줌도 가리려면 몇 년이나 걸리는가. 먹이고 입히고 똥오줌 받아주고, 한 생명의 생존을 위해서 여러 어른의 노동력을 투입해야 한다는 걸 애를 낳기 전부터 무섭도록 잘 알게 됐다.

'애를 예뻐하는 것과 애를 키우는 것은 완전히 별개의 문제구나.'

돌이켜보니 동생이 산후조리원을 나와 친정집에서 2주 동안 머물 때도 나는 노동력 측면에서 하등 쓸모없는 인간이었다. 물론 나도 한창 결혼 준비로 바빴다고 핑계를 댈 수 있겠으나, 단 한 번도 조카 목욕을 시키거나 기저귀를 갈아본 적이 없다. 동생은 밤에 우는 조카 때문에 깨지 않았느냐고 종종 미안해했지만 그런 적도 없다. 부끄럽지만 나는 그냥 내 방에서 평소대로 잘 잤다. 애가 울어도 깨지 않는다는 남편들이 바로 나 같은 태도라서 그런 게 아닐까. 직접적으로 내 책임이라고 생각하지 않고, 나 말고 누군가가 아기를 도맡는다고 확신하면 집에 갓 태어난 아기가 있든 말든 숙면을 취할 수 있다.

동생 말로는 아이를 목욕시킬 때면 뒤에서 구경하던 내가 이런 말을 많이 했다고 한다. "우와, 진짜 작아! 너무 귀여워! 근데 못 만지겠어…"

만나면 반가워서 물고 빨고, 가끔 선물을 주고, 가끔 키즈카페나 공연에 데려가는 이모. 똥오줌 묻히고, 애 재우느라 뜬눈으로 밤을 지새우는 힘든 일은 하지 않으면서 애한테 좋은 사람 티 나는 이벤트나 선물만 제공해도 되는 사람. 아이가 성인이 될 때까지 돌봐줘야 한다는 무거운 책임감 없이 육아의 달착지근한 부분만 누릴 수 있는 위치. 내가 애들을 예뻐했던 건, 그런 유리한 위치에서 가능한 쉬운 일이었던 것이다.

대부분 외동을 키우던 주변 친구들과 달리, 시가 가족들은 각 집에 아이가 두 명씩이라 다자녀 가정의 분위기는 어떤지 조금은 알 수 있었다. 게다가 주변 친구들은 대부분 맞벌이였지만, 시조카들은 엄마가 모두 전업주부였다. 그분들이 엄마 역할을 하는 걸 보면서, 애 키우는 전업주부는 두 사람 이상의 몫을 한다는 걸 깨달았다.

병원을 24시간 가동시키려고 해도 간호사를 삼교대로 돌리는데, 하물며 출퇴근도 하지 않고 24시간 엄마 역할을 하는 사람이 있다면 혼자서 세 명 정도의 몫은 해내는 게 아닐까. 출퇴근 시간도 정해져 있지 않고, 육아도 해야 하지만 가사도 해야 하는 전업주부. 시터나 도우미는 자기 자식이 아니니까 감정 노동에 대해서는 부담이 좀 가볍지만 엄마는 엄마라서 더 무거운 감정 노동의 짐을 진다.

직장에서 애가 갑자기 아프다는 연락을 받고 뛰어나가는 선배들, 유치원 하원 시간과 부모의 퇴근 사이 뜨는 시간에 아이 봐줄 사람을 구하는 직장 동료들, 갑자기 못하겠다며 그만둔 시터 때문에 발을 동동 구르는 친구까지. 옆에서 보니 애를 키운다는 건, 어떤 일이 터졌을 때 금방이라도 튀어나갈 수 있는 단 한 사람, 한 시간이라도 육아 공백이 생긴다면 그 공백을 날마다 메꿔줄 단 한 명이 필요한 일이었다. 그리고 지금까지 우리 사회는 대부분 전업주부의 24시간을 빌려 비상사태에 대비하고 육아 공백을 메꿔온 것이다.

이렇게 주변 사람들이 동원 가능한 모든 인력을 끌어다가 아이를 키우는 현장을 지켜보니, 내 안에 커다란 질문이 떠오를 수밖에 없었다.

"나는 이 노동을 감당할 깜냥이 있는 인간인가?"

우리는 왜
아기를 가지려고 했나

    둘만의 삶이 충분히 즐거운데다 육아 노동이 너무 고돼 보인다는 두 가지 이유가 '슬슬 임신 시도를 해볼까?' 하는 내 발목을 계속 잡았다. 임신 시도를 해보자는 쪽에서는 엄마가 되고 싶다는, 여섯 살 때부터 품어온 나의 장래희망(!)을 이대로 외면할 거냐는 마음의 소리가 계속해서 들려왔다. 게다가 내게는 남편을 닮은 생명체가 세상에 하나 더 있으면 좋겠다는 바람이 있었다. 신랑과 연애를 하고, 결혼생활을 하면서 '아, 세상에 이런 사랑의 영역도 있구나' 하고 깨닫게 됐다. 크게는 서로의 일상과 돈과 양가 가족이 한데 뒤섞이고, 작게는 화장실 하나를 둘이 공유하고 서로의 속옷이 한 세탁기에 돌아가는 삶.

결혼 전 생각했던 이상적 결혼은 일심동체 부부합체 같은 모습이 아니었다. 내가 딸기고 네가 바나나라면 나는 딸기인 채로 너는 바나나인 채로 한 테이블에 나란히 놓이는 일이라고 생각했다. 결혼을 이유로 각자의 자아를 바꾸려들지 않고, 나란히 함께하기. 그러나 결혼해서 살다보니 딸기와 바나나를 한 믹서기에 넣고 드르르륵 갈아버린 후 짠, 하고 딸기바나나 주스를 만들어야 하는 순간들이 필연적으로 찾아왔다. 딸기와 바나나의 원래 형체는 온데간데없고 빨간색도 노란색도 아닌 희끄무레한 분홍으로 탈바꿈하는 순간.

싱글 시절에는 나, 딸기의 고통을 내 선에서 해결하면 됐는데 결혼을 하니 나, 딸기의 고통이 바나나인 너의 고통이 되고, 반대로 남편에게 시련이 닥치면 그의 고통이 내게 전염되어서 둘이 함께 시련의 바닥을 뒹구는… 그런 딸기바나나 주스적인 상황이 불가피했다. 물론 기쁠 때도 마찬가지였다. 행복한 일이 생겨서 둘이 부둥켜안고 기뻐하다보면 딸기의 기쁨이 바나나의 기쁨이 되고, 바나나의 기쁨이 딸기의 기쁨이 되고 우리는 또 딸기바나나 주스가 되고…

둘의 삶을 화학적으로 결합한 게 딸바 주스로 상징된다면, 두 사람 사이에서 태어난 아이야말로 딸바 주스의 결정체 아니겠는가. 딸바 주스의 인간 버전=아이!

물론 '사랑의 결실=딸기바나나 주스=생물학적 자녀'라는 공식은 사실 사회적으로 주입된 욕망일 수도 있다. 우리는 임신과 출산은 여자라면 누려야 하는 행복이다, 아이가 주는 기쁨은 그 무엇과도 바꿀 수 없다, 같은 말을 숨쉬듯이 들으면서 자라니까. 인간이라고 생물학적 본능대로 살아야 되는 건 아님에도 후손을 남기는 건 생물학적 본능이라는 말은 또 얼마나 많이 듣는가.

또한 우리 사회는 아직도 '이성애로 맺어진 부부와 그들의 생물학적 자녀들'이라는 형태로 구성된 가정만을 정상으로 간주하기 때문에 사랑의 결실을 아기 아닌 다른 형태로 상상할 여지가 부족하기도 하다. 인터넷 검색 창에 '가족'이라고 입력해 나오는 사진을 보면 1인 가구나 자녀 없는 커플 사진은 찾기 힘들다. 난임 시절에도 "친자식 하나는 꼭 있어야지"라는 확신에 찬 말만큼 듣기 거북한 말이 없었다.

우리 부부는 생물학적 아이를 그토록 기다렸지만 그건 우리의 경우일 뿐이다. 누군가에겐 사랑의 결실이 입양한 아이일 수도 있고, 예술가나 연구자 커플이라면 예술 작품이나 연구물이 함께한 삶의 멋진 증거물이 될 수 있을 것이다. 그리고 눈에 보이는 사랑의 증거물이 없어도 둘이 함께 하루하루의 행복을 느끼며 자족할 수 있다면, 그 행복 자체가 사랑의 결실이 되지 않을까.

그래서 나는 난임 시기를 거치면서도 아이를 바라는 내 간절함이 사회적으로 주입된 욕망일 수도 있다고 생각했다. 실제로 시험관 시술을 거듭하다보면 어느 순간 자문할 수밖에 없다. '그냥 남들이 다 아기를 가지니까 나도 덩달아 갖고 싶은 건가? 이렇게까지 간절하게 아기를 기다리는 이유가 뭘까?' 그러나 이 모든 의문보다 더 분명했던 사실은, 아기를 가지고 싶다는 내 욕망을 도저히 포기할 수 없었다는 점이다.

난임 부부들은 그 포기할 수 없는 마음과 싸우며 시간을 견딘다. 이 욕망 중 몇 퍼센트가 사회적 압박의 결과이고 몇 퍼센트가 온전히 내 개인의 것이라고 분류해내는 사람이 존재할까. 남편과 경험한 새로운 사랑의 영역을 아이를 통해 확장하고, 우리의 사랑이 더 다양한 색깔로 넘쳐날 수 있다면 좋겠다는 바람을, 끝까지 버릴 수 없었다. 그래서 나의 이런 아름다운 생각을 남편에게 표현한 적이 있다.

"여보 닮은 아들이 한 명 나와서 여보도 나한테 잘해주고 걔도 나한테 잘해주면 좋겠다!"

그냥 한번 웃자고 해본 소리인데, 남편은 벌써부터 그런 공포영화 속 시어머니 같은 심보라면 애를 가질 생각도 하지 말라며 내 말을 일축했다.

마지막으로 피임을 그만둔 계기는 아주 실질적인 것이었다. 내 나이가 삼십대 중반, 남편 나이가 삼십대 후반을 지나고 있었으니 생물학적으로 가임 능력이 있을 때 도전(!)해보자는 것. 개업 홍보용 풍선 인형마냥 흐느적흐느적하며 고민만 하다가 어설프게 딩크를 결정한다면? 그러다가 생물학적 가임기가 다 지나고서야 '그때 시도라도 해볼걸' 하고 후회하게 된다면? 감당하기 어려울 것이 분명했다.

이것이 아이 없는 신혼생활을 끝내고 자연임신 시도의 길로 뛰어든 아내 쪽의 구구절절한 피임 해제의 변(?)이다.

그렇다면 남편은 어땠을까. 딱히 아이를 가지자고도, 갖지 말자고도 하지 않았던 남편이 애 없는 결혼생활 기간 중 강력하게 요구한 딱 한 가지는 '제발 길고양이 한 마리만 입양하자'였다. 그즈음 우연히 길냥이 한 마리가 우리집 근처를 배회하면서 우리는 고양이에게 푹 빠져 있었다. 하지만 반려동물이 나보다 먼저 죽는 상황이 싫었던 나는 절대 동물을 들이고 싶지 않았는데, 그런 나를 신랑이 얼마나 들들 볶아댔던지.

그래서 이 글을 쓰기 전에 남편에게 물었다. 왜 아기를 가지려 했느냐고. 남편은 해맑게 대답했다.

"네가 원한다고 해서."

이러면 남편이 내 뜻이라면 뭐든 따라주는 사람처럼 보이겠지만 그는 그렇게 호락호락한 성격이 아니다. 게다가 저 이유가 딱히 멋진 것도 아니라 '배후에 뭔가 심오한 이유가 있겠지, 내 남편이 저렇게 단순하고 납작한 인간일 리 없어' 하는 마음으로 다시 물었더니 이런 대답이 돌아왔다.

"네가 이제 아이를 갖자고 하길래 내가 다시 물어봤었어. 진짜 엄마가 되고 싶으냐고. 그랬더니 네가 진짜 원한댔어. 그래서 나도 동의한 거야."

"그게 다야?"

"응."

부부간의 대화가 부족한 편은 아니라고 생각했던 나의 자만이 산산이 부서졌다. 내가 머리 터지게 고민을 하고 그 고민을 남편에게 털어놓는 동안, 남편도 내 얘기를 들으면서 나름대로 여러 가지 생각을 하는 줄 알았다. 그런데 이제 보니 남편은 아무 생각도 없었던 것이다. 그저 '난 애가 있든 없든 상관없는데 아내는 참 열심히 고민하네? 근데 이제 또 혼자 고민이 끝났다고 하네? 그럼 아내가 하자는 대로 한번 해볼까?' 정도의 단순하기 짝이 없는 사고회로를 거치고 있었던 것이다.

사람이 상대의 생각을 묻지 않고 혼자 떠들면 뒤늦게 이렇게 낭패감이 찾아오는구나. 상대가 말없이 들어준다고 상대에 대해 마음대로 착각하면 안 된다. 아니, 이런 착각이 결혼생활에 문제가 없다는 또다른 착각을 낳고⋯ 그래서 우리의 결혼생활이 그럭저럭 굴러갔던 건가.

처음엔 남편의 대답이 황당했는데, 다시 생각해보니 둘 다 나처럼 생각만 많고 복잡한 성격이었다면 이러지도 저러지도 못했을 것 같다. 둘이 함께 갈대처럼 흔들리면 고민의 크기가 두 배로 불어났을 테고, 둘 다 마흔을 넘겨서까지 고민만 하다가 백발이 성성해져서는 '그때 왜 고민만 했지' 하고 또 고민만 했을지도 모를 일이다.

그러니 우리의 임신 시도는 나의 과감한 결단력과 신랑의 순종 덕분이라고 정리해두자.

1막

결혼하면 애는
그냥 생기는 줄 알았는데

난임 여성들의 글을 읽어보면 십중팔구 이렇게 시작된다.

"결혼하면 애는 그냥 생기는 줄 알아서 신혼도 즐길 겸 얼마 동안 피임했어요."

"생리를 꼬박꼬박 해서 애는 금방 생길 줄 알았어요."

내 글도 그렇게 시작해야 한다. 나도 십중팔구 중 그 팔구에 해당하는 사람이었으니까.

신혼여행을 앞두고 생리 주기 조절을 위해 피임약 처방을 받으려고 동네 산부인과에 갔다가 얼결에 초음파 검사를 받고 자궁이 깨끗하다는 말을 들은 게 내가 받은 산부인과 진료의 전부였다. 지금 생각해보면 피도 안 뽑고 초음파 한 번 본 거, 그까짓 게 뭐라고 대단한 진료라도 본 것처럼 생각했을까. 몸상태 좋으니 임신 시도 하실 거면 신혼여행 다녀와서 피임약 끊고 잘해보시라는 의사 말을 청개구리처럼 실천했다. 아기가 생길까봐 피임. 피임. 피임. 가열차게. 철저하게. 왜냐, 피임만 안 하면 애는 그냥 생기는 줄 알았으니까.

내 생리 주기가 평생 칼같이 정확해서 더 조심했던 게 또다른 이유였다. 생리를 건너뛰어본 적은 한 번도 없고, 2주 정도 미뤄진 적이 딱 한 번 있을 뿐이었다. 나중에 이런저런 난임 정보를 접한 후에야 알았다. 너무나 많은 원인이 복합적으로 얽혀 난임이 되기 때문에 생리 주기가 일정하다는 증상 하나만 가지고 난임이 아닐 거라고 확신할 수 없다는 것을. 물론 난소가 주기적으로 활동한다는 증거는 될 수 있고 그 자체로 감사해야 할 일인 건 맞다. 조기 폐경 증상으로 고통받는 경우도 있기 때문이다. 그러나 생리 주기가 정확하다는 걸 무슨 임신이 잘되는 만병통치약처럼 생각해선 안 된다는 걸 뒤늦게야 알았다.

10개월 정도 자연임신을 시도하면서 임신이 안 되는 기간이 길어지자 난임 여성들의 글에 십중팔구 나오는 후회의 문장이 내게도 찾아온다.

"이렇게 안 생길 줄 알았으면 피임은 왜 그렇게 열심히 했나 몰라요."

'이렇게 안 생길 줄 몰랐던' 여성들은 왜 이렇게 많고 '결혼하면 애는 그냥 생기는 줄 알았던' 여성들은 또 왜 이렇게 많을까? 내가 한국의 난임 여성을 전수 조사한 것도 아니니 나 같은 여성들이 많다고 덮어놓고 단정할 수는 없다. 그러니 내 경우에 한정해서 얘기해보자.

우선 잔걱정은 경이로울 만큼 많이 하지만, 큰일을 앞두고는 대수롭지 않게 생각하는 낙관적인 성격도 한몫했을 것이다. 그래서 '사랑에 장애가 있나요?'라는 블로그를 운영하는 권주리님이 자신의 나이가 서른세 살이고 자연임신 확률은 20퍼센트라니까 딱 5개월 시도해보고 안 되면 가볼 난임 병원까지 다 알아놨다고 쓴 글을 보고 혼자 박수치며 감탄했었다.

'이렇게 야무지고 똑 부러진 분이 다 있나! 나처럼 미련하게 시간 낭비를 하지 않았어!' 심지어 난 자연임신을 시도했을 때 주리님보다 나이가 많았다. 의학적으로는 피임 없이 1년 동안 시도를 했는데도 임신이 안 되면 난임이라고 규정하지만, 권주리님처럼 아기에 대한 생각이 확고하다면 저 정도의 계획을 세우는 게 매우 합리적으로 보인다.

그러나 비난임인들에게 난임 병원의 문턱은 높다. 병원에 가는 것만으로 난임 환자가 되는 것 같아서 거부감이 들기도 한다. '나이가 어리니까 안 가도 돼'라고 생각할 수도 있다. 실제로 나이가 어리다면 시간적 여유가 있는 것도 사실이다. 그러나 임신을 빨리 하길 원한다면 나이에 관계없이 병원에 가면 '의느님'이 알아서 각자 상황에 맞는 의학적 판단을 해줄 것이다.

최후의 순간까지 시험관 시술을 피하려고 발버둥쳤던 내가 이런 말을 해도 되는지 모르겠지만, 어쩌면 내가 난임 시술을 죽도록 피해 다녔던 사람이라 그 거부감을 이해하기에 할 수 있는 말이기도 하다.

"난임 병원, 생각만큼 무서운 곳은 아니에요…"

혹시 고민중인 분이 있다면 말해주고 싶다. 갔다가 시술하기 싫으면 현재 상황과 의사 소견만 듣고 나와서 생각하는 시간을 더 가질 수 있으니 한번 가봐도 나쁘지 않다고. 실제로 자연임신을 시도해보고 안 돼서 난임 병원에서 처음으로 배란일을 받아 단번에 성공한 내 친구처럼 행복한 경우도 존재한다고.

마지막으로, 결혼해서 수월하게 아이가 생긴 커플들의 이야기는 넘쳐나지만 난임으로 고생하는 커플의 이야기는 너무 부족했다. 내 일이 되기 전까지 난임은 '풍문으로 들었소' 정도의 문제였다. 내 주변에 난임 병원에서 치료받고 아이를 낳은 사람은 단 한 명도 없었으니까. (난임 치료를 받은 사람이 있을 수야 있겠지만 스스로 밝히지 않는 이상 알 수도, 알 필요도 없는 일이다.)

최근 몇 년 사이에 언론에서 부쩍 난임에 대해 자주 다루지만 아직도 이 일은 드러내놓고 이야기하는 주제가 아니다. 물론, 세상의 모든 힘든 일이 쉽사리 대놓고 떠들 주제가 되지 않지만 난임도 치료 가능한 질병이라는 점을 고려하면 다른 질병보다 쉬쉬하는 것이 사실이다.

난임이 당사자에게 구체적으로 어떤 고통인지 그 구구절절한 사연들과, 실제로 어떤 치료 과정을 거치는지는 인터넷 카페에서 알게 됐다. 말로만 듣던 대형 맘카페에 가입해보니 난임 게시판에서 사람들이 활발하게 정보 교환을 하고 있었고, 시험관 카페도 있었다. 난임에 대한 내밀한 이야기들은 익명이 보장되는 인터넷 카페까지 찾아가야 들을 수 있었고, 큰 문제 없이 임신한 친구나 지인들의 삶은 손닿는 곳에 가까이, 생생하게 살아 숨쉬고 있었다.

결론은, 그래서 우리도 별문제 없을 거라고 생각했다는 이야기.

가벼운 마음으로 자연임신 시도를 시작하던 때쯤, 건강보험공단에서 자궁경부암 검사를 받으라고 우편물이 날아왔다. 마침 잘됐다 싶어서 산부인과 검진도 할 겸, 동네에 있는 건강검진 지정 병원에 갔다.

"음? 근종이 있네요."

의사의 소견은 이러했다. 2센티미터 정도의 작은 근종이 보이는데 착상을 방해하는 위치다. 임신 시도에 결정적인 걸림돌이 될 것 같진 않으니 우선 올해까지는 시도해보다가 안 되면 처치방법을 고민해봐야 한다. 술도 안 마시고 담배도 안 피우고 대중화되기 전부터 면 생리대만 써온 내게 웬 근종? 나이가 들어서인가. 아무리 자궁근종이 흔하다고 해도 자궁에 뭐가 있다고, 게다가 그게 착상을 방해하는 위치에 떡하니 붙어 있다고 하니 당황스러웠다.

그 의사는 당장 다음달부터 자기 병원에서 배란일을 받아가라고 했지만, 자연임신 시도를 딱 한 번 해봤던 때라 굳이 병원까지 가고 싶지 않았다. 의사도 근종 자체는 대수롭지 않다 했고, 근거 없이 낙관적인 성격이 발휘되어 그해 안에 임신이 안 돼서 이 근종을 처치해야 할 거라고는 꿈에도 생각하지 않고 희망차게 임신 시도를 이어갔다.

내가 당시 병원에 안 가고 자연임신을 위해 어떤 노력을 했는지 나열해보자.

1. 자연임신 시도의 세계에 입문하면 사람들이 가장 많이 쓰는 그것, 배란테스트기

날마다 같은 시간에 자가 소변검사를 하는데, 배란일이 임박하면 진하게 두 줄이 뜬다. 그다음은 부부의 소관. 그후 추정된 배란일에서 14일이 지나면 운명의 임신테스트기를 해보고, 성공이든 실패든 배란테스트지 밑에 임신테스트지를 붙이면 한 달의 기록이 완성된다.

나도 집에 있던 노트에 이를 날짜별로 가지런히 붙여놨었는데 이 글을 쓰면서 그 노트를 찾아보니, 없었다. 아마 이사하면서 임신 실패의 기록으로 가득찬 그 노트를 보고 '에잇!' 하고 갖다버린 것 같다.

2. 한국인의 자연임신 시도계를 지배하는 또하나의 요인, 한약.

한약도 먹었다. 무려 난임 전문 한의원을 찾아 가서. 난임 전문 한의원답게 프라이버시를 존중하려는 의도가 한껏 느껴지는 곳이었다. 일반 산부인과처럼 대기실에 환자들이 우글우글 몰려 앉아 있지 않고, 환자 상담 시간을 길게, 겹치지 않게 잡아서 환자들끼리 마주치지 않게 시간 배분 및 공간 설계를 해뒀다는 것이 느껴졌다.

상담 시간에도 자연임신을 위한 구체적인 방법과 한약의 효능을 조곤조곤 설명해줬다. 우리는 자연임신 시도를 이제 막 시작한 부부에 불과했지만, 의사는 난임 환자들을 많이 만나봐서인지 말 한마디라도 환자의 마음을 상하지 않게 하려는 배려가 몸에 배어 있었다.

직원들도 기본적으로 태도가 부드러우면서도 조용하고, 서비스가 친절했다. 한의원 차원에서 직원들에게 환자 대응 교육을 철저히 시켰다는 인상을 받았다.

난임 전문 한의원의 운영방식을 이렇게 민감하게 받아들인 것은 이전에 다른 한의원에서 한약을 먹어본 적이 있기 때문이다. 아이를 낳기로 결심하기 전에 생일 선물로 한약을 지어주겠다는 친정엄마 손에 질질 끌려간 적이 있다. (대체 누구를 위한 생일 선물인지.)

대를 이어서 150년 넘게 명맥을 유지중인 한의원으로 원장님께 초진을 보려면 몇 달이나 기다려야 한다는데 어렸을 때 그곳에서 한약을 먹었던 기록이 남아 있어서 꽤 빨리 만날 수 있었다. 그분은 나를 진맥하고서 "씨(정자)를 뿌릴 밭(자궁)이 좋지 않아서 임신하는 데 어려움이 있을 것"이라는 진단을 내리고 한약을 지어줬다.

남자는 배, 여자는 항구도 아니고… 남자는 능동적으로 씨를 뿌리고, 여자는 수동적으로 주는 씨를 받는 밭이라는 구시대적 비유를 대체 언제까지 들어야 하는 건지. 따지고 보면 난자도 아기씨 아닌가. 여자의 몸에는 씨도 있고 밭도 있어서, 여자가 10개월 동안 임신의 기쁨을 누리는 동시에 임신과 출산의 신체적 부담을 홀로 짊어지는 건데.

아기 생각이 전혀 없을 때라 부정적인 소견에 기분이 좋지는 않았지만, 뒤돌아서 잊어버렸다. 게다가 억지로 먹는 약이라 시큰둥하게 대충 먹었다. 반면, 내 발로 찾아가서 부부 카드로 결제한 난임 전문 한의원 한약은 단 한 방울도 남기지 않고! 시간 딱딱 맞춰서! 열심히 먹었다. (불효녀는 웁니다… 엄마 죄송해요.)

3. 마지막으로 식이요법과 운동

밀가루, 커피, 튀김 같은 한의원에서 알려준 피해야 할 음식은 최대한 안 먹고, 평생, 정말 평생 운동을 하  지 않다가 요가를 시작했다. 원래도 술, 담배, 유흥과 거리가 먼 재미없는 인간이었는데 세상에 커피랑 밀가루까지 절제해야 한다니. 건전하다못해 속세에서 수도원을 짓고 사는 셈 아닌가?

그래도 오랫동안 고민하다가 내린 결정이니 최선을 다해보자는 마음이었다. 한약 잘 챙겨 먹고, 몸에 좋은 것 열심히 먹고 커피는 일주일에 한 번, 아이스 커피 대신에 따뜻한 커피로 마시고, 난생처음 주3회 운동을 달성하고, 술은 생리가 시작하는 그날 스트레스 해소 차원에서 마시는 정도의 생활을 지속했다.

한마디로, 임신을 위해 남들 하는 거 다 해봤다.

돌이켜보면 난임 기간 중 초반 6개월, 이때 정신상태가 가장 괜찮았던 것 같다. 번거롭긴 했지만, 내 몸과 생활을 좋은 방향으로 내 의지로 통제하고 있다는 느낌이 좋았다. 당연히 잘될 거라고 굳게 믿었고, 자연임신을 위한 의욕이 하늘 높은 줄 모르고 치솟던 시기였다.

그렇게 즐겁게 아기가 오기를 기다렸지만, 임신은 되지 않았다. 여섯 번 정도 연속으로 실패하자, "1년이 지나도 안 생겨요" "2년이 됐는데도 안 되네요" 이런 말이 어떤 의미인지 어렴풋이 느껴졌다.

듣는 사람에겐 1년이나 2년이 하나의 시간 덩어리로 인식되지만, 노력중인 커플에게 1년은 열두 번의 실패, 2년은 스물네 번의 실패를 의미한다는 것을. 그래서, 우리는 내 친구가 소개해준 큰 병원의 산부인과 의사를 찾아가기로 했다.

생리중에
초음파를 본다고요?

친구 소개로 찾아간 산부인과에서는 산전 검사부터 싹 진행하라고 했다. 남편은 직장 가까운 병원에서 따로 검사를 하고, 나는 그 병원에서 피검사를 하고 전화로 결과를 듣기로 했다. 검사 결과를 본 의사는 당장 다음달부터 배란유도제를 복용하면서 배란일을 잡자고 했다. "올해가 반년 정도 남았으니 자연임신 시도를 해보고 그래도 안 되면 다시 병원에…"라고 하자 의사가 내 말을 중간에 끊더니 단호하게 말했다.

"지금 그렇게 여유로운 상황이 아니에요. 적극적으로 임신을 위해 달려들어야 한다고요."

그래서 얼떨결에 난임 치료의 첫 단계에 들어서게 됐다. 난임 치료의 입구에 서서 두리번거리는데, 간호사에게서 걸려온 안내 전화부터 내 뒤통수를 휘갈겼다.

"다음 생리 2~3일째 내원해서 초음파 보세요."

"네…? 생리중에 초음파를 본다고요…?"

(경쾌한 목소리로) 네네~"

지금이야 난임 시술의 주기가 대부분 생리 2~3일째에 시작된다는 걸 상식처럼 받아들이고 있지만, 그때만 해도 충격이었다. 그리하여 처음으로 그놈의 생리 이틀째에 내원했더니 진료실에 들어가자마자 의사가 검진 치마로 갈아입고 커튼 뒤에 자리한 초음파 진료 의자로 올라가라고 했다. 내적인 충격과 공포를 애써 수습하며 준비를 마치고 진료 의자에 올라가자 커튼을 걷고 의사가 등장했다. 의사 얼굴을 보자마자 나도 모르게 "선생님, 저 이 의자 너무 싫어요…"라는 말이 새어나왔다. 그러자 "에이, 우리는 이걸로 먹고사는데 얘 너무 미워하지 마세요"라는 의사의 대답이 돌아왔다.

이상하게도 그 말이 위안이 됐다. 의사는 내 또래의 여성이었는데 '내가 직장에서 일하면서 먹고살 듯이 이 사람도 여기서 이걸로 먹고사는구나' 하는 이상한 동지 의식이 생겼다고 해야 하나. "내가 네 돈벌이 대상이냐!" 하며 불쾌해할 수도 있을 테지만 표현이 거칠어서 그렇지 뭐 틀린 말은 아니니까. 병원이란 사람의 생명을 구하는 극적인 장소이고, 의사도 사명감이 없으면 견디기 힘든 직업이긴 하다. 하지만 그곳도 엄연히 의료 노동의 현장이다. 의사에게 지나친 친절함을 강요하거나 성인 같은 도덕성을 기대하는 사회적 분위기에 반감이 있던 터라 의사의 유머러스한 대답에 마음이 가벼워졌다.

진료 의자가 싫다고 한숨짓는 내게 의사가 "예쁜 아기 만나기 위한 과정인데 참으세요"라는 식의 말을 했다면 마음에 와닿지 않았을 것이다. '그럼 선생님이 여기 올라와서 이렇게 앉아, 아니 앉은 것도 누운 것도 아닌 이런 자세로 한번 있어보세요' 하며 짜증 났을지도 모른다.

의자에 앉아서 '계속 이러고 있으면 피가 흐를 텐데 초음파를 어떻게 보는 거지?' 하는 의심을 떨치지 못하며 진료를 시작했다. 아니나다를까 피가 흘렀는데 놀랍게도 그 상태로 초음파를 봤다. 의사는 수도 없이 해본 일이었을 테니 아무렇지 않게, 나는 어쩔 줄 몰라 하면서.

의자에는 피가 떨어져도 처리 가능하도록 이미 의료용 패드 같은 용품이 다 깔려 있었다. 그러나 검사가 끝나고 옷을 갈아입기 위해 이동하다가 바닥에 피가 뚝뚝 떨어지는 일이 생길 때도 있었다. 너무 난감해서 비치된 휴지로 대충 바닥을 닦았는데, 물티슈가 아니라서 그만… 처음엔 핏방울만 떨어졌던 바닥이 더 피범벅이 돼버렸다. '가만히 있으면 중간이나 갈 것을 긁어 부스럼을 만들어

버렸어…'

간호사 선생님에게 죄송하다고 했더니 "그거 원래 저희가 닦아요"라고 대수롭지 않아 하셨다. 간호사 선생님께 무한 감사하며 그 뒤로는 바닥에 피가 떨어지면 살살 닦아놓을 뿐 티슈로 벅벅 닦아 바닥을 더 더럽히지는 않았다.

흔히 산부인과 진료 의자를 '굴욕 의자'라고 부르며 꺼리는데 트위터에서 직장인(@k1vp3)님이 쓰신 이런 글을 보고 생각이 뒤집어졌다.

"언어가 가지는 힘에 대해 생각한다. 분만 전 관장과 제모, 회음부 절개를 굴욕 3종 세트로 누가 명명한 것일까, 이상한 사람이다. 그리고 굴욕이라고 부르는 일 그만둬야 한다. 의료행위에 굴욕이 어디 있어?"

갑자기 속이 뻥 뚫린 느낌이었다. 그 의자는 '진료' 의자이지, '굴욕' 의자가 아니잖아? 시험관 슬럼프가 가장 격렬히 찾아왔을 때, 진료 의자 위에 수없이 올라가야 했던 기억을 떠올리면 괴로웠고, 지금도 그 생각을 하면 눈물이 날 때도 있다. 그렇지만 그 마음의 통증이 여자로서 '굴욕'까지 치달을 일은 아니라는 걸, 그제야 깨달았다.

'굴욕이 아니야! 난 진료를 받은 것뿐이다!'

왜 여성의 몸은 의료행위를 받을 때마저 단정하고 흐트러지지 않아야 한다고 생각했을까? 왜 치료를 위한 자연스러운 자세가 수치심을 불러일으킨다고 여겼을까? 비뇨기과에서 치료를 받는 남자들에게도 수치심을 주는, '굴욕 의자'에 맞먹는 의료 기구가 있을까? 없다면 다행이지만 만약 있다면 왜 그건 여자들의 '굴욕 의자'만큼 널리 알려지지 않았을까? 사회가 여성들에게 자기 몸에 대한 수치심을 더 예민하게 심어줘서는 아닐까.

그렇다고 내 몸의 통제권을 의료진에게 완전히 맡겨야 하는 상황에서 오는 무력감이나 가장 사적이고 민감한 신체 부위를 의료진이라고는 하나 '오늘 처음 본 사람'에게 보여야 하는 데서 오는 불편함이 전혀 없다고 하면 거짓말이다. 굴욕 의자가 아니라 진료 의자라는 깨달음은 1년도 안 된 것이지만, 산부인과 검진 행위가 굴욕적이라는 인식은 30년 넘게 내 안에 심겨 있었으니까.

난임 치료의 첫 관문에서 또하나 이상했던 점은, 내가 다녔던 종합병원 내 센터 이름이 '불임 클리닉Infertility Clinic'이라는 것이었다. 영어를 그대로 직역해서 만든 이름이었는데 이를 처음 맞닥뜨린 순간, 묘한 반발심이 들었다.

'어차피 불임, 임신이 안 되는 거면 뭐하러 여기에 다니지?'

몇 년 전부터 불임을 난임으로 바꿔 쓰자는 사회적인 움직임이 있는데, 그 영향인지 지금은 난임 클리닉으로 이름을 바꿨다. 두번째 병원은 난임 환자만 받았는데 그곳의 이름은 '여성의학연구소 Fertility Center'였다. 임신 성공만 되면 소위 환자를 '졸업'시키고 출산 환자는 받지 않아서 산과가 없는 병원이니 산부인과라고 칭할 수는 없었을 것이다. 나중에야 알게 됐지만 산부인과에서 임신부(산과)나 결혼한 여자(부인과)의 건강만 관리하는 게 아니라 청소년, 비혼 및 미혼 여성 등 모든 여성의 건강관리를 포괄하니 여성의학과로 명칭을 바꾸자는 움직임도 있다고 한다.

이렇게 클리닉 이름에 민감하게 반응하고, 생리중 진료에 충격을 받으며 첫 치료로 배란유도제인 페마라를 복용하기 시작했다. 내 경우, 생리 시작하고 5일간 하루에 두 알씩 페마라를 복용하면 의사가 초음파로 자궁상태를 추적한 후 그달의 배란일을 예측해줬다. 이 글을 쓰면서 페마라의 기능을 찾아보니, 내 경우에는 배란이 안 돼서 먹은 것 같진 않고, 이 약으로 과배란을 유도하고 정확한 배란일을 예측해 임신 확률을 높이려고 한 듯하다. 그때는 아무것도 몰랐고, 의사도 항상 좋다고 하니 뭐가 좋은지도 모르고 그저 하라는 대로 했다. 다행히 페마라 부작용은 나타나지 않아 원래 하던 대로 운동도 하고, 식단관리도 하며 지냈다.

사실 임신 시도를 시작할 때쯤에 내가 그렸던 원대한 임신 출산의 그림은, 자연임신을 해서 자연주의 출산을 한다였다. 싱글 시절 우연히 자연주의 출산에 대한 글을 읽었는데, 의료적 개입을 최소화하고 최대한 내 몸의 힘을 믿고 출산을 한다는 점이 마음에 들었다. (출산의 전제인 임신은 내 몸의 힘만으로 당연히 될 거라고 한 치의 의심도 하지 않던 시절이었다.) 뭔가 하나에 관심이 생기면 그 분야에 대한 정보를 파고드는 기질이 발휘되어 남자친구도 없으면서 자연주의 출산에 대한 책도 몇 권 읽었다.

그래서 임신 시도를 시작하자마자 가까운 병원에서 자연주의 출산에 대해 강의를 하길래 남편과 함께 들으러 가기도 했다. 임신도 하기 전에 출산방법까지 결정해놓다니, 김칫국도 이런 김칫국이 따로 없지. 과거로 돌아갈 수 있다면, 신랑 손을 잡고 해맑게 자연주의 출산 강의를 들으러 가던 과거의 내게 한마디해주고 싶다. "이보게. 자네에게 펼쳐질 미래는 지금 자네가 상상하는 그런 것이 아니라네. 자연주의 출산은커녕 자연분만도 불가능하고 제왕절개를 해야만 할 텐데…"

이렇게 자연임신과 자연주의 출산 콤보, 자연 자연 자연(!)에 경도되어 있었는데 첫 과정인 자연임신에서부터 턱 하고 막혔다. 시험관 시술을 하고서야 서양 의학 기술이 얼마나 발달했는지를, 임신과 출산의 영역에서 인간이 할 수 없었던 수많은 일을 어떻게 가능하게 했는지를 알게 되면서 의학 기술에 대한 거부감이 없어졌다. 나중엔 그 발달된 의학 기술로 우리의 난임 문제를 어떻게 좀 해결해달라고, 이를 전적으로 신뢰하기까지 했다. 그러나 난임 치료 초반에는 고작 배란유도제 복용하는 일조차도 인위적이고 부자연스러운 의료적 개입으로 느껴졌다.

배란기도 아닌데 술 마시고 분위기에 취했다가 덜컥 아기가 생겼다는 일화까지는 바라지도 않았다. 그러나 '숙제'(배란일에 맞춰 부부관계를 가지는 일)를 해치워야 한다는 압박 없이 우리 부부의 삶에 아기가 그저 스윽, 자연스럽게 스며들 듯 찾아오기를 바랐다. 난임 기간 막바지엔 "어떻게든 임신만 되게 해주세요, 으흐흐흐흑" 하며 절규할 지경이었지만, 초반에는 임신도 그냥 임신이 아니고 꼭 '자연'임신이면 좋겠다고 조건을 붙이는 미련을 못 버리고 있었다. 그러니 숙제 날을 받기 위해 병원에 다니는 상황이 마냥 달갑지는 않았다. 물론 병원비를 결제해뒀고, 잠재된 모범생 기질 때문에 의사의 지침을 잘 따르긴 했지만.

세번째로 배란일을 지정해주면서 의사가 말했다.

"이달에 임신 안 되면 다음달에 바로 근종 수술합시다. 크진 않은데, 착상을 방해하는 위치라서 볼 때마다 신경쓰여요."

수, 수술이라니. 병원도 얼결에 다닌다는 느낌을 지울 수 없었는데, 갑자기 또다른 파고가…? 나중에야 깨달았지만, 이 의사는 나를 임신시킬 때까지 앞으로 어떻게 치료하겠다는 계획을 이미 머릿속에 쫙 그려두고 있었다. 내가 늘 한발 늦게 따라가서 문제였지.

그날 신랑은 의사에게 자신만만하게 "다음달에 임신해서 올게요"라고 인사했고, 의사는 "저도 바라는 바예요!"라고 대답했다. 신랑의 말도 든든하고, 의사의 대답도 훈훈했다.

그달, 그해 가장 간절하게 임신을 바랐다. 결과는 비임신, 수술 당첨이었다.

자궁근종 수술,
내 존엄성은 어디로

자궁근종 수술은 꽤 많이 하는 수술이라고 한다. 그래서 수술이 확정되고 심란하긴 했지만, '생사가 달린 수술도 아닌데…' 하며 크게 걱정하진 않았다. 그리하여 저지른 나의 가장 큰 패착은 수술후기를 전혀, 단 하나도 찾아보지 않았다는 것이다. 괜히 후기를 읽었다가 쓸데없이 걱정만 늘까봐 일부러 더 피했다. 그러나, 그래선 안 됐다. 하나라도 읽고 대충 어떤 과정으로 진행되는지 머릿속에 희미한 윤곽이라도 그려보고 갔어야 했다.

겨울 어느 날, 수술 날짜를 정하고, 수술 하루 전에 입원을 했다. 양가에 걱정 끼치기 싫어서 수술한다고는 여동생에게만 말했다.

병실에 자리를 배정받고 얼마 지나지 않아 1차 충격이 훅 들어왔다. 간호사가 제모를 한다며 남편을 내보냈다. 아무런 사전 정보 없이, 무방비상태로 당한 제모. 적막한 병실에서 울려퍼지는 면도날 소리. 쓱싹쓱싹쓱쓱싹쓱싹. 분명히 내 몸인데, 내 마음과 정신이 지금 이 몸에 깃들어 있는 게 맞는데, 정신과 육체 사이에 알게 모르게 틈새가 생기면서 내 정신이 그 사이로 솔솔 빠져나가고 있었다.

'이, 이런 것도 해야 되나…? 제모는 출산 전에나 하는 줄 알았는데.' 이런 일도 겪는데 초음파 의자를 부끄러워했다니 하며 혼돈에 빠진 내 상태를 아는지 모르는지 간호사는 덤덤하게 임무를 수행했다. 얼마나 덤덤해 보였는지 자기 손톱 깎는 것처럼 보일 정도였다. 쓸데없는 말은 하지 않고 제모만 해주고는 쓱 나갔다. 철저하게 직업적인 태도가 위안이 되긴 했다.

2차 충격은 자기 전 받은 알약 한 알에서 시작됐다. 이름은 생각나지 않지만 자궁내시경을 위해서 질 입구를 넓히는 약이라고 기억한다. 먹고 배가 아플 수 있다고 했는데 내 몸은 약의 부작용에 충실했다. 생리통은 저리 가라 할 통증에 잠이 깼다. 허리도 못 펴고 몸을 웅크리고 훌쩍거렸다. 간호사가 진통제를 줬는지는 가물거리지만 옆 침상의 환자가 티슈 한 통을 커튼 너머로 건네줬던 건 기억이 난다. 내가 한밤중에 계속 훌쩍거리는데 티슈가 없어서 남편이 쩔쩔매자 커튼 저편에서 티슈를 든 손이 쑤욱 나왔다. (돌이켜보니 티슈 같은 입원생활에 필요한 기본 물품도 안 챙겨간 우리 부부 어쩔 거냐. 아이패드는 잊지 않았는지 몇 번이나 확인했으면서…) 자긴 내일 퇴원하니까 다 써도 된다고, 목소리만 들렸던 그분. 잘 모르는 분이었지만 정말이지 고마웠다.

3차 충격은 그다음날 수술실로 이동할 때 찾아왔다. 이송원이 이동할 침대를 가져와서 거기에 누우라고 했다. 내가 그때 신고 있던 슬리퍼를 벗어야 하나, 말아야 하나 망설이자 그분이 웃으며 "돌아올 때 그거 신고 멀쩡하게 걸어올 거라고 생각하시는 거예요?"라고 하셨다.

그, 그런가요. 이송 침대에 누워서 남편과도 어, 어, 하는 사이에 헤어지고 수술대기장으로 옮겨졌다. 누워서 대기하는데 어떤 분이 오셔서 물었다.

"종교가 어떻게 되세요?"

"천주교요."

그분은 내 세례명까지 물으시더니 내 세례명으로 기도를 해주셨다. 개신교 계열 병원이었던 터라 그런 절차 혹은 배려가 있었던 것 같은데 생판 모르는 사람의 기도를 받으니 마음이 차분해지면서도 당황스러웠다. '간단한 수술인 줄 알았는데… 수술 들어가기 전에 누가 와서 기도까지 해야 될 정도로 비장한 상황인 거야?'

그렇게 상황 파악이 안 되는 상태로 수술장으로 들어가서 전신 마취를 받고 정말 상황 파악을 못하는 상태로 빠져들었다. 깨어보니 회복실. 침상이 여러 개 있고 의료진들이 분주하게 움직이는 모습이 영화 속 슬로모션 장면처럼 지나가고, 소리는 웅웅거렸다.

그리고 배가, 배가… 너무 아팠다. 태어나서 경험한 가장 강렬한 통증이었다. 칼로 누가 내 배를 후벼파는 듯했으나 목소리가 안 나왔다. 있는 힘을 다 쥐어짜서 "배 아파요, 배 아파요…!"라고 말하자 누군가가 진통제 들어갔으니 금방 괜찮아질 거라고 말했고 다시 잠들었다. 그리고 또 누군가가 나를 깨워서 이제 병실로 옮겨주겠다고 했다.

남편과 드디어 조우했다. 침대에 누운 채 병실로 옮겨지면서 이송원의 말이 사실이었음을 깨달았다. 슬리퍼는 개뿔… 몸도 못 움직이는데 내 발로 걸어나올 생각을 했다니. 무모하고 무지했다. 창가 자리였던 병실의 내 침대로 돌아왔는데, 창밖으로 노을이 지고 있었다.

'웬 노을이지…? 오전에 수술장으로 이동했고 한두 시간이면 끝난다고 했는데 왜 저녁이지…? 왜 노을로 도시가 물들고 있는 거지…?'

열한시 반에 시작한 수술이 세시 반에 끝났다고, 한 시간 반 정도 회복실에 있다가 나와서 이렇게 어두컴컴한 거라고 남편이 설명해줬다. 나중에 의사가 돈 더 받아야 한다고 농담할 만큼 수술이 길어졌고, 나 때문에 뒤에 잡혀 있던 환자들 수술도 모조리 다 늦어졌다고 했다.

의사는 '수술은 개복으로 했다. 열어보니 자궁 내 유착이 너무 심해서 하나하나 다 정리하느라고 수술 시간이 예상보다 매우 길어졌다. 개복한 김에 나팔관이 뚫렸는지도 봤는데, 나팔관이 막혀 있었다. 수술의 영향으로 일시적으로 그럴 수도 있으나 원래 막혀 있어서 그동안 임신이 안 됐을 수도 있다. 수술 후에 나팔관 조영술을 다시 해야 한다'며 수술 후 보고를 했다.

나팔관이 막혀 있다니!

의사가 떼어낸 근종 사진도 보여주고 여러 가지를 설명해줬는데 비몽사몽인 와중에 들어서 다른 내용은 많이 놓쳤지만, 나팔관에 대해서만큼은 정확하게 들었다. 당시 시험관에 대해 정보가 별로 없던 나도 나팔관이 막히면 방법은 시험관 시술뿐이라는 걸 알고 있었다. 정자가 나팔관까지 거슬러올라가서 난자를 만나야 되는데 그 통로가 막혀 있으면 나팔관을 뚫는 시술을 하거나 체외수정밖에 방법이 없다.

'설마 개복까지 하겠어' 하며 들어간 수술장에서 난데없이 배를 가르고 나와서는 나팔관이 막혀 있다는 소리를 듣다니.

의사가 떠난 후 간호사가 앞으로 두 시간 정도는 다시 잠들면 안 되니까 남편에게 계속 말을 시키라고 했다. 남편이 계속 말을 걸었지만 그 목소리는 안 들리고 의사 말만 머릿속에서 맴돌아 눈물이 줄줄 흘렀다. 남편이 놀라서 물었다.

"많이 아파? 간호사 불러줄까?"

대답을 하고 싶은데, 배의 통증 때문에 말할 힘이 없었다. 궁여지책으로 귓속말로 중얼중얼… 무슨 말인지 안 들리니까 남편은 내 옆에 더 붙어서 "뭐라고?" 하고 자꾸 되물었다. 눈물 콧물 흘리면서 겨우 건넨 귓속말.

"나팔관이 왜 막혔지…"

"나 시험관 하기 싫어…"

남편은 시험관 시술하기 싫으면 안 하면 되고 지금은 그런 생각을 하지 말라고 위로했다. 그래도 명색이 언니인데 면회 온 동생에게도 똑같은 말을 속닥거리면서 어린애처럼 울었다. 힘이 없으니 개미만한 목소리로 "나팔관… (흑흑) 막혔대… (흑흑) 시험관 (흑흑) 싫은데…"

나중에 알게 됐지만 시험관 시술 사례 중 나팔관이 막힌 경우가 비교적 쉽고 성공률이 높단다. 차라리 나팔관이 막힌 거였으면 수월했을 텐데, 나중에 어떤 과정이 펼쳐질지 꿈에도 모르고 나팔관 하나 막혔다고 왜 그리 울었던가. 그렇지만 이런 여유는 다 지나간 일이니까 가질 수 있는 것. 사람은 닥친 그 순간을 살 수밖에 없으니까 나는 예상과는 전혀 다르게 흘러간 그날 하루치 시간을 겪어낼 뿐이었다. 하얗게 불태운 첫날이었다.

수술 직후부터, 누르면 퐁퐁퐁 진통제가 들어가는 무통 주사 투약 버튼을 생명줄처럼 붙들고 있었다. 개복 부위를 잘 아물게 하려고 간호사가 배 위에 모래주머니를 얹어주고, 출혈이 있을 수 있다고 산모패드를 깔아줬다. 그런 상태로 수술 사흘차 오전까지 옆으로 눕지도 못하고 앉지도 못했다. 회복이 빠른 사람들은 그 다음날에도 움직인다는데 나는 침대에 고정시켜놓은 통나무가 됐다. 그 와중에 신경은 살아 있어서 통증은 느끼는 통나무.

통나무가 된 내 옆 창가에는 입원 기간 동안 읽겠다고 챙겨온 책이 무려 세 권이나 보였다. 나의 오판을 깨끗이 인정해야 했다. 책이라니. 옆 침상에는 나와 같은 날 복강경 수술을 한 환자가 있었는데 그분을 보니 그래도 내가 완전히 똥 멍청이는 아니었구나 싶었다.

그분은 나와 달리 수술 다음날부터 벌떡 일어나서 화장실도 자기 발로 가고, 운동한다고 병실도 자주 들락거렸다. 수액걸이를 덜컹덜컹 끄는 소리, 저벅저벅 슬리퍼 소리가 어찌나 부럽던지. "나도 저렇게 돌아다녀야 유착도 덜하고 빨리 퇴원할 텐데…" 하며 남편한테 심경을 토로했더니 남편이 뜻밖의 말을 했다.

"괜찮아, 넌 저 사람보다 방귀 먼저 뀌었으니까."

"으응…?"

남편 말인즉슨, 훨훨 날아다니는 것처럼 보였던 그분은 방귀 나오라고 저렇게 돌아다닌단다. 배선실에서 음식을 데우는데 옆 침상 환자 어머니가 걱정스러운 눈빛으로 신랑에게 말을 걸어왔다고 한다. 당신 아내는 벌써 가스가 나왔느냐고, 우리 딸은 가스가 안 나와서 지금까지 미음 한 모금도 못 넘기고 있다고. 커튼을 사이에 두고 나는 내 몸뚱이를 일으키기 위해, 그분은 가스를 내보내기 위해 사투를 벌이고 있었던 거였구나.

수술 사흘차 아침, 여전히 침대에 누워서 끙끙대는 나를 회진하던 의사가 보더니 이래서는 퇴원 못한다고 무조건 움직이라고 숙제를 내줬다. 앉지도 못하겠는데 걸으라니 황당했지만, 이러면 퇴원 못한다는 말에 갑자기 오기가 생겼는지 아니면 그때가 회복기였는지 그날 오후에 앉고 일어나서 걷기까지, 모든 걸 해치웠다.

그토록 염원하던 움직임이 가능해지자, 새로운 문제가 생겼다. 간호사가 화장실에 가면, 소변통에 소변을 받아서 소변량을 적어두라고 했다. 그런데 움직일 수 있다고 해서 혼자 성큼성큼 걸어다닐 수 있는 게 아니라 수액걸이에 의지하고 남편의 부축을 받으며 어기적어기적하는 수준이었다. 그래서 남편의 도움을 받아 화장실에 기어들어가서 남편을 내보내고 변기에 앉아서 소변을 보기까지는 성공했다. 그런데, 혼자 일어날 수가 없다…

'하아, 그냥 친정엄마 부를걸.' 양가 부모님께 알리지 않고 대체 인력 없이 남편만 간병인으로 지정한 게 처음으로 후회됐다. 그렇다고 변기에 계속 앉아 있을 수는 없으니 남편에게 구조 요청을 하고 다시 침대로 기어들어갔다. 그리고, 화장실 뒤처리는 남편에게 다 맡겼다. 따끈따끈한 소변통을 확인하고 꼼꼼히 소변량을 적는 남편의 모습을 침대에 누워서 보는데, '하아… 내 존엄성은 다 어디로… 이러고 퇴원해서 아무 일 없었다는 듯이 부부생활이 가능한 거니…'

수술 후유증으로 가스가 온몸을 돌아다니면서 통증을 유발할 수 있다고 했는데 내 경우엔 그게 가슴팍과 양쪽 어깨로 왔다. 그 통증이 유지되는 동안 의자에 앉을 수 있게 되자 갑자기 트림이 계속 나오기 시작했다. 그 순간, 며칠 치의 자기연민이 몰아쳐와 나를 덮쳤다.

'너무 더러워! 나흘째 샤워를 못해서 더러워 죽겠는데, 머리도 못 감아서 내 머리에 달린 게 머리카락인지 기름 덩어리인지도 모르겠는데, 이제 소리로도 더러움을 뿜어내다니. 그리고 너무 창피해! 산모패드 깔라고 하고, 화장실도 혼자 못 가고, 남편이 이거 다 보고. 게다가 너무 억울해! 제왕절개한 사람들은 아기라도 낳았지 나는 이게 뭐야?' 그리고 펑, 하고 터진 마음의 비명.

'아직 생기지도 않은 애보다 나 자신이 더 소중한데, 내가 왜 이런 개고생을 해야 하지.'

그래서 나는… 트림을 하면서 울었다. 내 의지로는 트림이 멈춰지지 않았다. 눈물도 마찬가지였다. 그래서, 입으로는 트림을 하고 눈으로는 눈물을 철철 흘리고… 놀라서 왜 우느냐고 묻는 신랑에게 단 한 마디도 못하고 울기만 했다. 입은 하나인데 트림과 설명을 동시에 할 순 없지 않은가. 명백한 고통을 부정하고 회피하는 것도 문제지만, 고통과 나 사이에 어느 정도 거리 유지가 안 돼도 문제인데 그 순간 거리 유지가 안 됐다. 트림의 공격 앞에서 맥을 못 추고 무너진 나. 인간이란 이렇게 생물학적 몸에 갇힌 미물이구나…

내가 이 난리를 피우는 동안, 옆 침상 환자는 꾸준히 운동을 하여 가스 배출에 성공했다. 신랑과 병동 복도에서 걷기 연습을 하고 있는데, 맞은편에서 옆 침상 환자 어머니가 미소 가득한 얼굴로 우리에게 걸어오셨다.

"우리 딸 가스 나왔어요! 이제 미음 먹을 수 있어!"

금식 풀리고 먹는 미음이 얼마나 맛있는지 알기에, 우리 셋은 진심으로 함께 기뻐했다. 그날 저녁, 남편이 '유방귀 거북이와 무방귀 날다람쥐'라고 칭했던 우리 둘은 나란히 배식받아 맛있게 밥을 먹었다. 둘 다 다음날 퇴원 확정을 받고 먹는 마지막 병원밥이었다.

퇴원이 확정되자 남편이 머리를 감겨줬다. 실밥을 풀 때까지는 샤워를 할 수가 없는데, 집에 가면 누워서 머리를 감을 장치가 없기 때문에 병원에서 감았던 것 같다. 아니, 그런 이유가 아니더라도 병원에서 감았을 것이다. 제왕절개 산모들은 신생아실에 있는 아기가 보고 싶어서라도 죽을힘을 다해서 일어난다는데, 나는 머리를 너무 감고 싶어서 죽도록 걷기 연습을 했다. 남편이 닷새 동안 못 감은, 나의 떡진 머리를 감겨줬다.

머리까지 감고 매우 상쾌하게 인간의 몰골로 돌아와서는 남편에게 말했다. 미안하고 고맙다고, 아프지 않은 게 최선이지만 혹시라도 당신이 아프면 나도 이렇게 정성껏 보살펴주겠다고. 진심이었다.

남편은 예상보다 훨씬 더 잘해줬다. 발이 시려서 양말을 신을까 망설이며, 이불 밖으로 발을 빼꼼 빼내면 바로 눈치채고 "양말 신겨줘?"라고 물을 정도로 신속하고 세심한 간병인이었다. 평소에도 집안 화분과 동네 길고양이를 보살피는 모습을 보며 '이 사람은 천성적으로 뭔가를 보살피는 데 소질이 있구나' 했지만, 내가 한 사람 몫을 제대로 못할 때 이 정도로 차분하게 간병할 줄은 몰랐다.

제왕절개로 출산한 사람들이 출산 전후 과정을 남편과 함께 겪으면 전우애도 생기고 사랑의 색이 달라지는 것 같다고들 한다. 우리에게도 그런 전우애가 생긴 것 같았다. 무엇보다 엿새 동안 입원 생활을 하며 크게 다짐한 바가 있었다.

남편을 또 고생시키지 않으려면 임신과 별개로 체력부터 길러야 한다. 사실 인생 만사의 기초는 체력이라고, 아빠에게 평생 잔소리를 들으며 자랐다. 그러나 진짜 크게 무릎이 꺾이고서야, 꼭 발등에 불이 떨어지고서야, 똥맛을 보고서야 똥인 걸 아는, 어리석었던 나.

호르몬 치료,
미리 겪어본 갱년기

퇴원 전, 의사가 향후 치료 계획을 알려줬다. 수술 후 5개월 동안 일시적으로 생리를 멈추게 하는 루프린이라는 주사를 맞으면서 자궁을 깨끗하게 만든 뒤 바로 시험관에 들어가겠다고 했다.

시험관이 체외수정인 줄도 모르고, 그냥 주사 맞고 약 먹고 여자 몸이 축나는, 난임 치료의 끝판이라고, 벼락 끝 낭떠러지라고 과장된 공포감만 가졌던 시절이었다. 실제로 해보니까 그 모든 말이 사실이기도 하고 아니기도 했다. 사실에 기반한 말이긴 한데 돌이켜보면 필요 이상으로 두려워하고 있었다.

의사에게 5개월 후 나팔관 조영술을 해서 나팔관이 막혔다면 뚫는 시술을 하면 될 터이고, 수술 때문에 일시적으로 막힌 거라

66

면 조영술로 뚫린 것을 확인하고 굳이 시험관을 할 필요가 없지 않느냐고 물었다.

의사는 개복까지 해서 자궁을 건든 마당에 나팔관 뚫는 시술을 해서 내 자궁을 다시 건들고 싶지 않다고 했다. 그 시술이 수술을 마친 상황에서 또 부담을 감수할 만큼 효과가 확실한 것도 아니라고 했다. 납득이 갔다. 아마 티나게 고개를 끄덕였을 것이다.

뒤이어 의사는 나팔관이 뚫려 있다고 해도, 호르몬 주사 치료가 끝나자마자 자궁상태가 최상일 때 시험관 시술에 들어가는 게 답이라고 했다. 이건 납득이 안 갔다. 아마 티나게 표정이 어두워졌을 것이다.

나는 그저 깨끗해진 자궁상태로 임신 시도를 하려 했던 것이지 시술의 단계로 넘어가고 싶지 않았다. 그런데 의사 입에서 시험관 시술을 하겠다는 말이 나오자, 나팔관이 막혔다는 말보다 더 충격이었다. 기억이 확실치 않은데 남편 말로는 의사가 간 뒤 나는 대성통곡을 하고, 남편은 옆에서 열이 받아서 부들부들했단다. 기분좋게 퇴원하는 사람한테 꼭 그때 시험관 얘기를 했어야만 했느냐고. 아니 그럼 향후 치료 계획을 언제 얘기하나. 퇴원시키면서 하지.

이제 겨우 내 한몸 간수하게 된 상황에서 의사와 실랑이를 벌이고 싶지 않았고, 그냥 혼자 마음속으로 의사 말을 안 듣기로 결정했다. 내 몸인데 선택권은 내게 있다. 땅땅땅. 조용한 반항아. 나

팔관 조영술 결과가 좋으면 시험관은 하지 않으리라. 그렇다, 나는 이때까지도 자연임신을 하고 싶다는 희망(이라고 쓰고 미련이라고 읽어야 할 듯)을 버리지 않았다.

첫번째 루프린 주사를 맞고 퇴원해서 얼마 후가 크리스마스였다. 외출할 만한 상태는 아니라 집에서 남편과 조촐하게 크리스마스를 축하했다. 내년 크리스마스에는 꼭 셋이 되면 좋겠다고 바라면서… 그즈음 눈이 펑펑 와서, 거실 발코니에 쌓인 눈을 모아서 남편이 작은 눈사람을 만들어줬다. "이 눈사람이 미래의 아기라고 생각해." 손바닥에 쏙 하고 들어오는 눈사람을 보며 대답했다. "그래. 진짜 귀엽다." 눈사람은 녹아서 물이 된다는 게 왠지 불길하게 느껴져서 냉동실에 넣어두기까지 했다. "내년 크리스마스 때 다시 꺼내볼까?" 하며 둘이 킬킬댔다. 그런데 해보니까 눈사람은 냉동실에 넣어도 녹더라. 쳇.

크리스마스가 지나고 며칠 뒤 어느 새벽, 피가 쏟아지는 느낌이 들어서 황급히 깼다. 눈처럼 펑펑 쏟아지던 빨간 피. 퇴원할 때 간호사가 생리처럼 큰 출혈이 있으면 반드시 내원하라고 했는데. 날이 밝을 때까지 잠도 제대로 못 자고 아침이 되자마자 덜덜 떨면서 병원에 달려갔다.

간호사가 구석방으로 날 안내하더니 검진 치마로 갈아입고, 검진 의자에 올라가 있으라고 했다. 검진 의자에 앉자 치마 아래로 피가 계속 뚝뚝 떨어졌다. 회진 도는 시간이라 의사는 기다려도 오지 않았다. '왜 날 피가 흐르는 이런 자세로 앉아 있게 하지.' 그날 아침, 커다란 방에서 혼자 그 자세로 의사를 하염없이 기다리던 시간이 검진 의자에 관련된 모든 기억 중 가장 끔찍한 기억이다.

교수 대신 레지던트가 왔다. 내가 입원해 있을 때 여느 종합병원 레지던트처럼 머리도 못 감고 피골이 상접한 몰골로 최선을 다해서 뛰어다니던, 옴짝달싹 못하는 날 보고 걱정해줬던 레지던트였다. 그 의사가 검진대 앞에 앉아서 가장 처음 한 말.

"예약 없이 이렇게 오실 땐 원래 응급실에 접수하셔야 해요."

피가 예약하고 터지나? 예약 없이 병원에 달려와야 하는 상황에 처하면 당연히 내 진료 기록이 있는 산부인과로 달려오지 주말도 아닌데 누가 응급실 갈 생각을 하겠나. 병원의 접수 절차가 어떻게 되는지가 지금 이 순간 의료진이 가장 먼저 해야 할 말인가? 내 상태에 대한 검진과 판단을 마친 후에 해도 될 말을.

의사가 내 분노 지뢰선을 밟았지만, 그 의자에 무력하게 누워서 할 수 있는 게 없었다. 레지던트는 검진하면서 "진짜 피가 많이 나네" 하며 고개를 갸웃거리더니 교수에게 보고하고 돌아오겠다며 사라졌다. 그후 레지던트가 다시 와서 한 말. "생리예요. 주사를 맞아도 가끔 첫 달에는 생리혈이 나오는 경우가 있대요."

그런 거라면 퇴원시킬 때 정확하게 안내를 해주지. 그럼 새벽부터 마음 졸이면서 난리를 칠 필요도 없었을 텐데. 그런데 그땐 그런 원망도 안 들고, 그냥 생리라니까 허무하기도 하고 웃기기도 하면서 안심이 됐다. 큰일난 줄 알았는데 아니라니까 다행인 심정.

첫번째 루프린 주사 소동은 그렇게 지나갔다. 그후로 한 달에 한 번씩 주사를 맞으러 병원에 갔다. 주사 맞는 횟수가 쌓이고 생리 없는 기간이 점차 길어지자, 중년 여성들에게 찾아온다는 갱년기 증상이 슬슬 나타났다.

가장 먼저 나타난 현상은 탈모였다. 머리를 감고 말릴 때마다 한 움큼씩 머리가 빠져서 검색을 해보니 완경 증상 중 하나라고 했다. 그래서 난생처음으로 숏커트를 했다. 내 얼굴형에 망할 것이 분명한 스타일이지만 어쩔 수 없다고 생각하며 잘랐는데 웬걸, 생각보다 잘 어울렸다. 머리 길이가 짧아지니 머리카락이 빠지는 양도 줄고, 빠진 머리카락 관리도 쉬워서 탈모는 비교적 무탈하게 극복했다.

두번째 증상으로 뒷목이 뜨끈뜨끈해지면서 불쑥불쑥 짜증이 치솟았다. 처음엔 수술 후 5킬로그램이 훅 빠지면서 체력이 급격히 떨어져서 체온 조절이 잘 안 되나보다 했다. 짜증이 막 나는 건 나이를 한 살 더 먹어서 성격이 더 나빠졌나 하며 넘어갔다.

그런데 그게 아니라 호르몬에 휘둘려서 짜증이 난다는 걸 확실히 알게 된 계기가 있었다. 어느 평화로운 저녁이었다. 남편은 거실에서 뭔가 자기 일을 하고 있었고, 나는 집을 한번 휘익 둘러보는데 문득 웃방에 놓인 진공청소기와 스팀청소기가 눈에 들어왔다. '보통 잡동사니들은 창고 겸 서재 방 한구석에 모아두는데, 왜 청소기들만 웃방에 있지? 일관성이 없고, 지저분해 보여. 분노가 폭발한다! 저 청소기들 위치가 정말 부적절해!'

그래서, 낑낑대면서 청소기들을 서재 구석의 잡동사니 자리로 옮겼다. 남편이 의아해하면서 물었다.

"갑자기 청소기 왜 옮겨?"

"청소기 위치가 너무 이상해…! 마음에 안 들어…!" (눈물 시작.)

"청소기가 웃방에 있는 거 진짜 이상하지 않아? 으헝헝…" (통곡 시작.)

남편은 우선 티슈를 뽑아주고서는 그냥 날 안아줬다. 입장 바꿔서 나였다면 '내 마누라가 미쳤나' 싶었을 텐데 남편은 별말이 없었다. 한바탕 눈물 폭풍이 지나가자 내 입에서 나온 말. "오빠, (청소기가 웃방에 있는 것보다) 지금 내가 진짜 이상하지?"

다 울고 나자, '지금 감정이 널뛰는 상태구나' 하고 수긍할 수 있었다. 원래 성격이 좋지 않다쳐도 이 정도로 비이성적으로 짜증 곡선을 그리는 사람은 아니었는데, 난 지금 치료중이고 이렇게 가끔 특이점이 올 수 있겠구나 싶었다. 오히려 이걸 받아들이자고 마음을 내려놓자 그후엔 갑자기 짜증이 나도 당황하지 않고 대처할 수 있었다.

'음… 특이점이 왔네… 이제 널을 뛸 시점이에요. 이 파도가 지나가면 평화가 찾아올 것이니…'

그렇게 루프린과 5개월을 함께 지내면서 엄마 생각이 났다. 엄마도 분명히 갱년기를 지났을 텐데, 엄마가 어땠는지 정확히 기억이 안 났다. 드라마에 흔히 나오는 장면처럼, 엄마도 갑자기 얼굴이 시뻘게지거나, 우리집에 놀러온 엄마 친구들이 번갈아가면서 "나 요즘 갱년기라 갑자기 더워"라며 창문 열어달라고 요청하시던 단편적인 기억밖에 없었다.

연속된 기억이 아니라 기억의 파편밖에 없는 건 엄마가 갱년기를 보내는 데 내가 별 도움을 못 드렸기 때문일 것이다. 남에게 의지하기를 꺼리는 엄마 성격대로, 딸 덕은 못 보고 혼자서 이런저런 불편함과 우울함을 마주하면서 갱년기를 건넜겠구나 했다. 나야 5개월 치료 기간만 참으면 끝난다는 기약이 있었지만, 실제 갱년기 여성들은 언제 끝날지도 모르는 증상과 싸워야 하는구나.

임신 시도를 할 수 없는 5개월이 시간 낭비처럼 느껴지기도 하고, 갱년기 증상에 시달려서 속상하기도 했지만 그 기간을 자연임신 시도를 위한 준비 기간으로 삼기로 했다. 식단관리도 이때 가장 엄격하게 했다. 시간을 억지로 짜내서 운동을 하는 게 아니라, 운동이 재미있어져서 운동 시간을 기다리게 된 것도 이때였다. 특히

근종 수술 8주 후부터 운동해도 괜찮다 해서 쭈뼛대며 시작한 발레가 너무 재미있어서, 발레에 푹 빠져 지내면서 운동은 저절로 하게 됐다. 퇴근하고 피곤해도, 약속 생겨서 빠지게 되면 보충 수업을 신청해서, 늘 남편만 운동하던 주말 오전에 나도 벌떡 일어나서 발레 학원을 갔다. 자발적으로 운동한 건 평생 처음이었다.

운동을 전혀 안 하고 비실비실했던 시절에는 잠으로만 피로를 풀어서, 주말에 피곤할 때면 오후 한두시까지도 계속 잠을 잤다. 아침형 인간인 신랑은 신혼 때 이런 나를 보고 희귀 생명체처럼 신기해했다. '우와, 세상에 이렇게 계속 잘 수 있는 사람도 있네?' 그런데 최소 일주일에 세 번 정도 발레 학원에 가서 한 시간 반 정도 땀을 쭉쭉 빼다보니, 주말에도 아침 일고여덟시면 눈이 떠지고 예전보다 활동량이 많아져도 집에 와서 픽픽 쓰러지지 않는 놀라운 변화가 찾아왔다. 저질 체력으로 살아왔던 내게 처음 생긴 일이었다.

음식 조절도 철저히 하고 운동에 빠져 지내니 체력이 좋아진다는 게 느껴졌다. 몸을 최상의 상태로 끌어올려놓고 호르몬 치료가 끝나면 자연임신 시도를 시작하겠다는 것이 내 계획이었다. 이렇게 멋대로 세운 계획이 착착 진행되고 있음에도, 문득문득 이런 질문이 날 덮쳤다. '나팔관이 막혀 있어서 시험관밖에 답이 없다면 어쩌지?' 그때마다 나팔관이 뚫려 있기를 바랐다. 만약 막혀 있다고 가정하면 두번째 질문이 따라왔다. '꼭 시험관 시술까지 하면서 애

를 가져야 하나?'

　우선은 뚫려 있기를 바라고 혹여나 막혀 있다면 그다음 일은 그때 생각하자고 스스로를 다독이면서 호르몬 치료 기간을 보냈다. 그렇게 의사 선생님 몰래 음흉하게 자연임신 프로젝트를 진행시켜가면서 호르몬 치료 기간이 흘러갔다. 나팔관 조영술을 할 시간이 다가오고 있었다.

시험관을 해서라도 아기를 가지고 싶어

루프린 주사가 끝나는 달에 나팔관 조영술을 했다. 별로 안 아픈 사람부터 기절하게 아프다는 사람까지 다양한 경우가 있다는데 나는 기절하게 아프다는 말만 주워듣고는 겁먹으며 검사에 임했다. 검사대에 올라가서 질 입구에 기구를 끼워넣고 조영제를 넣은 다음 조영제가 나팔관을 통해 잘 빠져나오는지를 관찰하는 검사였는데, 기구를 끼울 때 좀 불편하긴 했지만 참을 만했다.

무엇보다, 검사 끝나고 검사해준 의사에게 물어보니 나팔관이 뚫려 있단다! 에헤야~ 검진 의사의 말을 듣자마자, 담당의를 만나기도 전에 마음을 정했다. '시험관은 없다. 안 한다. 안 해.'

예상대로 담당 교수는 나팔관 조영술 결과를 본 후에도 시험관을 권했다. "나팔관 뚫려 있는 거랑 상관없어요. 자궁 깨끗할 때 저랑 시험관 합시다." 이 의사 선생님이랑 시험관을…? 여기 종합병원인데 여기도 시험관 하는 데가 있나? 그래서 지금 생각해보면 꽤 도발적이게도 "여기서도 시험관을 하나요…?"라고 반문하며 내 의견을 밝혔다.

"그동안 병원 다니는 일이 알게 모르게 스트레스였어요. 3개월 정도 자연임신 시도해보고 올게요."

지금 생각해보면 그때의 나는 본경기에 들어가기 앞서 몸을 풀다가 "스포츠란… 휴… 지겨워요!" 하며 갑자기 집으로 도망치는 운동선수나 다름없었다. 의사 입장에서도 그랬을 것이다. 시험관만 하느라 병원을 수도 없이 드나든 환자들이 많았을 텐데, 고작 배란 유도 임신을 서너 번 시도하고 근종 수술하고는 한 달에 한 번 주사 맞으러 몇 번 병원 와놓고서 "병원 싫어요!"를 외쳤으니까. 본격적인 난임 시술은 그때부터 시작이었는데.

의사는 다시 자연임신을 시도하는 건 별로 좋은 생각이 아니라고 했지만, 9개월 정도 치료를 받으며 병원이란 장소 자체에 질려 있었다. 몇 개월만이라도, 병원과 멀리멀리 떨어져서 지내보고 싶었다. 병원 없는 온전한 내 생활이라는 걸 좀 하면서 숨을 고르고 싶었다. 그렇게 의사에게 통보 아닌 통보를 하고, 마지막 루프린 주사를 맞은 후 생리를 기다렸다. 첫 생리를 하고 집 근처 여성 병원에서 초음파를 봤다. 의사는 자궁상태가 너무 좋다면서, 자연임신을 시도해볼지 시험관을 할지는 전적으로 내 선택이라고 했다.

생리 주기가 정상으로 돌아오자, 수술의 효과가 확실히 나타났다. 생리통이 거의 없어졌고 생리량도 보통으로 돌아왔으며 심하면 2주까지 늘어지던 생리 기간도 5일 이내로 잡혔다. 생리 기간에 종종 생리중이라는 걸 잊을 정도로 몸이 가뿐해졌다. 생리 기간에 운동도 거침없이 했을 정도니까 뭐. 생리 기간에 몸도 가벼워지고, 체력은 전에 없이 상승세고, 수술 후 복직해서 배정된 팀에 일이 넘쳐났지만, 좋은 팀원들을 만나서 입사한 이래로 가장 재미있게 일했다. 한마디로, 임신이 안 된다는 점만 제외하면 인생에 아무 문제가 없었다. 직장생활도 결혼생활도 이보다 더 좋을 수는 없었다. 단, 아기만 안 생길 뿐.

미셸 오바마가 쓴 자서전 『비커밍』을 보면 오바마 부부가 시험관 시술로 두 딸을 만나게 됐다고 하는데, 이 책에도 비슷한 대목이 나온다. 미셸은 시험관 시술 전 임신이 안 되던 시기를 버럭 오바마와 완벽하게 행복했지만 '행복의 구김살'이 있던 때라고 회상한다.

"이 행복에는 깊은 구김살이 하나 있었다. 우리는 임신하려고 애쓰고 있었지만, 그게 뜻대로 되지 않았다. 서로 깊이 사랑하고 강고한 직업

윤리를 갖추었으며 무슨 일이든 작정하면 헌신적으로 해내는 두 사람이라도, 임신만큼은 의지로 해낼 수 없다. 임신은 정복해서 되는 일이 아니었다. 좀 신경질 나게도, 임신에서는 노력과 보상이 꼭 비례한다는 법이 없다." (미셸 오바마, 『비커밍』, 김명남 옮김, 웅진지식하우스, 2018, 250~251쪽)

집에 일부러 문을 꼬옥 닫아놓은 방 하나가 있는 것만 같았다. '곧 아기가 올 거야'라는 생각을 제외한, 임신에 관련된 모든 생각을 가둬놓고 문을 닫아둔 방. 절대 열지 않는 방.

하지만 배란테스트기에 의지해서 배란일을 예측하고, 배란일 14일 후에 임신테스트기의 깨끗한 한 줄을 보는 일이 거듭됐다. 의사에게 약속한 3개월이 6개월, 8개월로 늘어졌지만 임신테스트기는 야속하게도 단 한 번도 흐릿한 검사선마저 보여주지 않았다. 일말의 희망의 여지도 남기지 않는 한 줄.

그러면서 열지 않으려고 했던 '임신의 방' 문이 제멋대로 슬슬 열리고, 그 틈 사이로 어둠이 스물스물 기어나왔다. 배란도 꼬박꼬박 되고 자궁상태도 너무 좋다는데 도대체 왜 안 될까. 내가 노력한다고 해서 결과가 좋다는 보장이 없어서 답답했지만, 그렇다고 노력 없이 손놓고 있을 수는 없었다. 생리 주기라는 쳇바퀴를 도는 다람쥐처럼, 죽어라 돌아도 돌아도 제자리인 이 진퇴양난의 상황.

이때부터 친구들의 육아 이야기가 점점 듣기 힘들어졌다. 원래 아기를 좋아하고, 친구들은 거의 다 아기를 키우는 터라 대화의 주제가 육아여도 흥미롭게 듣는 편이었다. 그런데 이때부터는 슬슬 나한테는 아기 얘기 안 하면 좋겠다는 생각이 들었다. 친구도 아닌 먼 지인이나 직장 동료가 임신했다고 해도 은근슬쩍 신경쓰이기 시작한 것도 이때부터였다.

그러나 우울에 일상이 잠식될 정도는 아니었고, 발레도 하고 남편과 주말 데이트도 즐기고 친구도 만나면서 내 의지로 우울을 통제할 수는 있었다. (그렇다, 이때는 친구를 만날 심적 여유가 있었다.) 그럼에도 한 달을 주기로 노력-기대-실망을 반복하는 이 짓을 마냥 계속할 수는 없겠다는 마음의 신호가 차곡차곡 쌓여갔다.

'이 짓을 마냥 계속할 수 없겠다'면 선택지는 두 가지였다. 원래대로 딩크로 살든가, 의학 기술의 힘을 빌리든가. 그런데 내 마음이 원래대로 딩크로 살기는 싫다고 고개를 세차게 저었다. 비임신을 확인하는 기간이 길어질수록 더욱더 아기에 대한 마음이 강해졌다. 나 자신도 그제야 깨달은 거다.

'내가 이렇게나 아기를 가지고 싶어하는구나.'

애써 닫아놓은 '임신의 방'이 덜컥하고 열린 건 제주도 여행을 가서 예상일보다 일찍 생리가 터졌을 때였다. 자궁근종 수술 후 자연임신 시도가 딱 열번째 실패로 돌아간 날, 피임을 해제한 지 2년

되던 달. 기분좋게 떠난 여행에서 눈물을 찔끔대며 남편에게 말했다.

"시험관 하자."

때마침 비까지 부슬부슬해서 어둑해진 숙소 방에서 남편이 물었다.

"시험관까지 해서 아기를 가지고 싶어?"

부메랑처럼 돌아온 질문. 병원 문을 박차고 나오면서 스스로에게 했던 그 질문이 이제 남편의 입을 통해 되돌아왔다.

"응, 시험관을 해서라도 그러고 싶어."

그게 병원을 피하면서 아등바등 자연임신을 하겠다고 10개월을 흘려보내면서 내 안에서 단단해진 대답이었다.

"그래, 그렇게 하고 싶다면 하자."

그 10개월을 생각하면 지금도 실수였다는 생각이 반, 어쩔 수 없었다는 생각이 반이다. 결과만 놓고 보자면 이때 임신이 안 됐고, 의사 말대로 시험관을 하게 됐으니 그 기간은 철저한 시간 낭비였다. 따지자면 최대한 빨리 병원에 가는 게 임신을 위한 가장 빠른 지름길 같다.

하지만 병원에 빨리 가는 게 최선이라면 다시 병원을 찾았을 때, 즉 자궁상태가 그나마 괜찮았을 때, 단기간에 시험관을 성공했어야 의학적으로 앞뒤가 맞다. 그런데 실상은 그렇지가 않았다. 일곱 번 실패하고, 1년 3개월이 지나고서야 아기들을 만날 수 있었다.

시험과 하자.

의사가 재수술을 고려할 정도로 자궁상태가 딱히 좋지 않은 상황까지 가서야, 애를 태우고 아기들이 찾아왔다.

잉태의 신비를 의학적으로 푸는 건 내 몫이 아니니, 내 정신상태만 살피자면 이렇다. 1년 3개월 동안 여덟 번의 시술을 거의 쉬지 않고 할 수 있었던 동력은 자체적으로 병원을 멀리하고 쉰 그 10개월 덕분이었다. 나중에는 정신적으로 힘드니 3개월이든 6개월이든 쉬고 오라고 의사가 권했는데 한 달만 쉬고 돌아오겠다고 했다. 수술 후 골든타임을 놓친 것 같다는 자책감, 괜히 자연임신을 고집하다가 난임 기간만 길어졌다는 후회가 난임 치료를 시작할 때 깔려 있었기 때문이다. 돌아온 탕아는 아버지, 아니 의사 선생님 말씀을 잘 듣는 법이다.

더이상 자의로 뭘 해보려 하지 말자. 전문가의 순한 양이 되리라. 그렇게 두 손 두 발 다 들고 백기를 흔들며 2차 자연임신 시도 기간이 끝났다.

그렇게 남편과 시험관을 하자고 합의한 후, 원래 다니던 병원으로 돌아가기로 했다. 우선, 내 자궁을 육안으로 확인하고 수술한 의사에게 치료를 맡기고 싶었다. 수술 전후의 생리 양상이 확연히 달라서 수술을 너무나 잘했구나 하고 체감할 수밖에 없었기에, 원래 의사의 실력을 믿고 돌아가고 싶었다.

나만큼 인터넷에서 정보를 파고들지는 않았지만, 주변 사람들에게 귀동냥으로 정보를 얻어들은 신랑이 난임 전문 병원에 가면 어떻겠느냐고 의견을 제시했다. 신랑이 걱정하는 바가 나도 마음에 걸려서 난임 전문 병원도 고려해봤으나, 고민 끝에 예전 담당 의사에게 가기로 했다. 병원이 아니라 의사를 믿어보기로 했다.

신랑은 내 의견에 따라줬다. 둘 다 의식적으로 입 밖에 내지는 않았지만, 배란 유도 임신 실패와 수술 과정을 함께 겪으면서 우리는 암묵적으로 동의하게 됐다. 앞으로의 과정도 90프로 이상은 여자 몸에서 이루어질 것이고, 정신적 고통은 공유한다고 해도 육체적인 고생은 내 몫일 것임을. 남편에게 원인이 있어서 비뇨기과 수술을 한대도, 수술 후 과배란-난자 채취-이식에 걸친 시술 과정이 전적으로 여자 몸에서 이뤄진다는 사실은 변함이 없다. 즉, 누구에게 난임 원인이 있든, 원인 불명이든 시술은 난소와 자궁이 있는 여자 몸에서 주로 이루어지며, 여자가 받아야 하는 시술의 큰 줄기는 전반적으로 동일하다.

생리가 시작되기를 기다려 딱 1년 만에 병원을 다시 찾았다. 1년 만에 만난 의사에게 된통 혼이 났다.

"그동안 뭐했어요. 시술받았어요?"

"배테기로 자연임신 시도만 했어요."

"생리 주기가 다시 돌아가니까 1센티미터짜리 근종이 하나 또 생겼잖아요! (분통) 왜 병원에 안 온 거죠!"

"(시무룩) 군이 시술까지 해서 임신을 해야 하나 싶어서…"

"시험관 하기 싫으면 (피임)약이라도 먹었으면 호르몬 조절됐을 텐데… 수술하고 경과는 어땠어요?"

"너~무 편했어요! 진짜 살 것 같더라고요. 생리통도 없어지고…"

"너무 편해서 병원 안 온 겁니까!"

대충 요약해서 이런 대화가 오갔지만 실제 진료실 분위기는 살벌했다. 의사 빼고 모두가 얼음이 된 분위기에서 진료 및 상담을 받은 후, 의사는 표정을 풀고 이왕 이렇게 온 거 잘해보자며 장기 요법으로 시험관 1차에 들어가겠다고 예고했다. 진료실을 나오자 남편이 눌러뒀던 울분을 터뜨렸다. "아니, 왜 돈 내고 의료 서비스를 받으러 와서 어린애처럼 혼이 나야 해?" 하지만 나는 처음엔 당황했는데 나중엔 좀 고마웠다. 나… 마조히스트인가?

수많은 환자들이 병원을 들락거리고 그들 중 고작 한 사람인 내가 잠깐, 아니 1년이나 말 안 듣고 치료를 때려치웠다가 돌아왔을 뿐인데, 저렇게 자기 일처럼 안타까워하면서 지나간 시간 때문에 분통을 터뜨릴 줄 몰랐다. 왜 이제 왔느냐고 한마디하고 말면 진료 시간도 줄고 감정 소모도 안 해도 되니 누구보다 의사 자신이 편하지 않은가. 그런데 저렇게까지 속상해하다니…

그렇게 우리의 시험관 시술 여정이 시작됐다.

과배란,
자가 배 주사의 시작

    시험관 시술이라고 하면 사람들은 '혼자 놓는 배 주사'를 떠올리는데 이는 과배란 주사일 확률이 높다. 시험관을 하기로 결심했으니 나에게도 이 주사를 영접해야 하는 때가 다가오고 있었다. 실제로 겪어보니 과배란 기간의 모든 고통이 배에 놓는 손가락 하나만한 주사에서 비롯됐다. 작디작은 주사에 든 소량의 주사액만으로 몸의 모든 변화가 좌지우지되다니 참 신기한 노릇이다.

    나는 이식은 여덟 번 진행했지만 다행히 냉동 배아가 많이 나와서 과배란은 두 번만 해도 되는 상황이었다. 신선 배아는 과배란 후 난자 채취를 한 그달에 바로 이식하는 배아를 말하고, 냉동 배아는 그달에 이식하지 않고 냉동시켜두는 배아를 말한다. 냉동 배아가 많이 나오면 과배란을 하지 않고 냉동된 배아를 해동해서 이식만 여러 번 시도해볼 수 있다. 과배란 1차는 장기 요법으로 했고, 2차는 병원을 바꿔서 단기 요법으로 했다. 두 방법의 차이는 말 그대로 주사를 맞는 기간이 길면 장기, 짧으면 단기 요법이다. 장기로 하면 난포가 고르게 자란다고 했는데 단기로 하면 뭐가 좋은지는 두번째 의사에게 굳이 묻지 않아서 모르겠다.

1차 장기 요법: 두통 지옥 2주

장기 요법은 과배란 기간에 들어가기 전, 생리 예정일 7~10일 전부터 조기 배란 억제 주사를 맞는다. 난자 채취 개수를 늘리기 위해 과배란 주사를 맞는다면 조기 배란 억제 주사는 배란 시점을 조절하기 위해 맞는다. 의사가 인위적으로 난자를 채취하기 전에 배란이 되는 상황을 방지하기 위해서라 할 수 있다. 정해진 시간에 난자를 고이 채취해 배양실에서 정자와 만나게 해야 하는데, 난자를 포장지처럼 감싼 난포가 미리 터져서 난자가 난포에서 탈출하면 안 되기 때문이다. 장기 요법은 조기 배란 억제 주사를 열흘에서 2주 정도 맞기 때문에 단기 요법보다 시술 기간이 더 길다.

조기 배란 억제제로 데카펩틸을 처방받고서 간호사가 주사 놓는 방법을 알려줬는데, 귀엽게도 뱃살 모형이 간호사실에 비치되어 있었다. 그 가짜 뱃살을 잡고 어떻게 주사를 놓는지 간호사가 시범을 보여줬다. 휴대전화의 메모 앱을 열어 설명을 열심히 들으면서 필기(!)를 했다. 배꼽 양쪽 3센티미터를 피해서 주사 놓을 위치 잡기, 주사 전에 뱃살을 알코올 솜으로 닦아 소독하기, 주사를 연필 잡듯이 잡기, 알코올 솜으로 바늘을 잡고 주삿바늘 빼기 등등.

유튜브를 보면 주사 놓는 방법을 담은 동영상이 많이 올라와 있는데 그땐 그걸 몰라서 남편과 둘이 메모를 몇 번이고 읽으면서 주사 맞을 준비를 했다. 알코올 솜과 주사를 냉장고에 차곡차곡 쌓아놓고, 열흘 정도 데카펩틸을 놓았다. 주사는 시간을 정해놓고 놓으라고 해서 남편이 늦게 퇴근해도 넉넉한 시간인 밤 열한시 정도로 정했다. 솔직히 혼자 하려면 무리 없이 할 수 있었겠지만, 일부러라도 남편을 참여시킨다는 취지로 같이하기로 했다.

데카펩틸을 맞는 열흘은 정말 평온했다. 처음엔 주사를 놓는 남편도 맞는 나도 바짝 긴장했다. 집중해서 주사와 내 배를 번갈아보며 수술을 집도… 아니, 주사를 놓는 남편의 눈빛이 참 강렬했다. 그때 내 모습을 볼 수는 없었지만 아마 내심 떨고 있던 내 눈빛도 만만치 않았을 것이다. 그땐 심각했는데 내 배를 뚫어져라 쳐다보던 우리 둘의 모습을 지금 생각하면 좀 웃기기도 하다. 주사는 예상보다는 아프지 않았고, 며칠 지나자 남편도 나도 주사 놓는 데 요령이 생겼다. 배가 멍투성이가 된다는 말도 많이 들었는데, 내 살이 주삿바늘을 거부하지 않는지 빨간 주사 자국은 몇 개 생겼지만 멍은 들지 않았다. 주사 부작용도 나타나지 않았고, 평소대로 생활해도 전혀 불편하지 않았다. '음. 시험관 되게 힘들다던데 이렇게 몸이 편해도 되나, 이건 폭풍 전야일까, 아님 이럴 수도 있는 건가, 아님 굉장히 행운인 건가.'

장기 요법은 한 달 넘게 진행되기 때문에 이 주사를 맞는 중에 생리가 시작된다. 생리가 시작되면서 과배란 과정에 들어갔다. 내가 처방받은 과배란 주사는 폴리트롭이었다. 데카펩틸 용량을 반으로 줄이고, 폴리트롭 주사를 병행했는데… 그때부터 두통 지옥이 시작됐다.

잠자는 시간 빼고는 하루종일 누가 죽어라죽어라죽어라 하며 내 머리를 옥죄는 듯했다. 원래 두통을 모르고 살았던 터라 통증 자체가 낯설었다. 두통이 쉬지 않고 계속되자 신경만 예민해지고 힘은 쭉쭉 빠졌다. 발레 수업을 갔다가 어지럼증까지 더해지자 식사, 화장실, 직장 근무 같은 생존을 위한 최소한의 활동만 하고 다른 활동은 다 끊은 채 집에 누워서 근신했다.

의사에게 물어보니 과배란 주사로 여성 호르몬이 폭발적으로 늘고 있기 때문에 어쩔 수 없다고 했다. 타이레놀은 먹어도 된대서, 직장 근무 시간 중에 하루 최대치 복용량을 몸에 때려 부었다. 그래도 힘들면 책상에 엎드려서 쉬면서 약기운으로 일을 했다.

병든 닭처럼 엎드려 있자니 옆자리 남자 동료가 요즘 무슨 일

있느냐고 걱정해주는데 "시험관 주사 때문에 머리가 기절하게 아파요"라고 똑부러지게 대답할 수는 없지 않겠는가. 최대한 조용히, 컨디션 난조를 티내지 않으면서 근무하는 수밖에 없었다. 시술 기간 동안 휴가를 길게 붙여서 쓰는 사람들도 있는데 내 경우에는 휴가를 내기 어려운 직종이기도 하고 채취일과 이식일에 휴가를 써야 할지도 몰라서 최대한 휴가를 아껴야 했다.

이 두통이 계속되면 과배란 2주를 어떻게 버티나 아득하기만 했다. 한창 화창하고 꽃구경하기 좋은 봄이었는데, 두통 좀비가 되어 집 침대-회사-집 침대-회사를 반복하면서 2주를 견뎠다. 나중엔 타이레놀도 안 먹히자 사극에 나오는 여자들처럼 머리에 흰 띠라도 둘러서 압박을 하면 머리가 좀 덜 아플까 하고 진지하게 생각하는 지경이 됐다.

나중에 시험관 카페에서 보니 나 정도는 약과일 정도로 주사 부작용을 심하게 겪는 사람도 있고, 부작용이 전혀 없는 사람도 있었다. 심지어는 예정해둔 해외여행을 취소할 수가 없어서 과배란 주사를 싸들고 떠나서 주사를 맞으며 즐겁게 여행을 하고 돌아온 사람까지 있었다!

2차 단기 요법: 할 수 있다! 11일

다음해에 병원을 바꾸고 과배란 주사 처방이 들어가야 하는

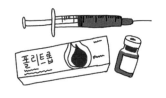 날, 나의 근무 일정과 담당의의 진료 일정이 안 맞아서 어쩔 수 없이 대진을 봐야 했다. 그런데 대진 의사가 폴리트롭과 IVF-M 주사를 시작하라고 했다.

"폴, 폴리트롭이요…?"

의사 바짓가랑이라도 붙들고 싶은 심정으로 그 주사 맞고 두통이 너무 심했는데 다른 주사는 안 되겠느냐고 읍소했으나 의사는 단호했다. 내 담당의가 이것 말고 다른 주사를 어떻게 쓰는지 본인은 잘 모르니 그냥 이 주사를 맞으라고 했다.

그래서 바로 주사 두 종류를 맞기 시작했는데, 이번에는 머리가 전혀, 아프지 않았다. 그래서 원래 하던 대로 발레 레슨을 가봤는데 멀쩡했다. 그래서 원래 하던 필라테스 레슨도 슬쩍 해봤는데 또 멀쩡했다. 그래서 원래 하던 대로 운동도 하고 여기저기 걸어다녔다.

인터넷 카페를 보니 과배란중에 많이 걸으면 혈액 순환에도 도움이 되고 난자가 잘 자란다고 하길래 최대한 많이 걸으려고 했다. 1차 과배란 때 두통 때문에 출퇴근도 자동차로 하고 걸을 수 없었던 게 아쉬웠던 터라 2차 과배란 때는 출퇴근도 원래대로 버스로 유지하고, 좀 짧은 이동거리는 웬만하면 걸어다녔다.

과배란 4일차에 가니레버라는 주사가 추가되어 주사 세 종류를 맞고도 세상 쌩쌩하게 과배란 1주차를 보냈다. 그리고 그주 토요일에 남편과 의기양양하게 산책에 나섰다. 또 걷자! 난자들아, 잘 자라주렴. 과배란 기간에 산책이라니 정말 행복하다고 신나게 30분을 걷다가 그만… 길거리에 주저앉았다. 갑자기 식은땀이 나고 기운이 없어서 걸을 수가 없었다. 그길로 집에 돌아가서 몇 시간 잤더니 거짓말처럼 괜찮아졌다.

그다음날엔 걷는 건 포기하고 드라이브 겸해서 집에서 좀 먼데 위치한 브런치 가게를 찾아갔다. 음식을 맛있게 먹긴 했는데 또 갑자기 '시험관이 만만해 보이느냐, 당장 누워라'라고 내 몸이 호통을 쳤다. 그래서 가까운 친정집에 기습 방문해서 세 시간 정도 낮잠을 잤다. 그랬더니 또 언제 그랬느냐는 듯이 말짱해졌다.

2주차부터는 배가 볼록하고 묵직해지면서 불편한 느낌이 커져 발레와 필라테스는 할 수 없었다. 뱃속에 포도밭이 있는데 점점 포도알의 개수도 많아지고 쑥쑥 커지면서 배가 팽창하는 듯한 감각이 선명해졌다. 발레 점프하겠다고 뛰거나, 필라테스에서 복근 운동하겠다고 힘주면 배가 터질 것만 같았다. 좀 적나라하게 말하면 '고양이나 강아지처럼 한 번에 여러 마리의 새끼를 갖는 동물들이 이런 느낌일까?' 하는 종을 뛰어넘는 동병상련이 생겼다. 걔들은 아기를 배고 있고 난 아니긴 하지만.

주사 기간이 길어지면서 속이 메슥거리는 증상도 더해져서, '입덧이 이런 느낌인가, 임신이라면 이런 느낌이겠다' 하는 생각도 들었다. 하지만 진짜 입덧처럼 밥도 못 먹을 정도는 아니었다. 두통도 생겼지만 타이레놀을 먹으니 싹 가라앉았고, 두통이 오는 횟수도 적고 강도도 세지 않았다.

1차 과배란 때는 모든 일상이 두통의 늪에 빠져서 녹아버리는 것만 같았다. 시험관 시술이 내 모든 일상을 휘젓고, 난 세탁기 속 빨랫감처럼 돌아간다, 털털털털털. 내 의지 따위는 지구 너머 우주 어딘가로 날아가버리고. 그러나 2차 과배란 때는 통증이나 불편함이 있긴 하나 어금니 꽉 깨물고 참으면 참겠다 싶은 정도였고, 실제로 주사 부작용을 어느 정도는 통제해가면서 일상을 유지할 수 있었다.

왜 이런 차이가 생겼던 걸까? 단기와 장기의 차이였을까? 1차 과배란 때의 주사약 조합이 2차 때보다 내 몸에 더 치명적이었던 걸까? 아무리 임상 경험이 많이 쌓인 난임 명의라도 콕 집어서 답할 수 없을 듯하다. 같은 주사라도 그에 대한 반응은 환자마다 다르고, 같은 환자가 같은 주사를 맞아도 언제 어떻게 맞느냐에 따라서도 반응이 천차만별이니까.

그럼에도 불구하고, 내가 겪은 부작용은 모두 의학적으로 예측 가능한 범위 안에서 나타났다. 내 몸은 A라는 호르몬을 투여하면 B라는 부작용이 나타날 수 있다는 의학적 전제에 참으로 잘 부합

하는 물질 덩어리였다. 나는 정신을 가진 인간이지만, 피와 살과 호르몬과 장기로 이루어진 유기체이기도 하니까. 〈알쓸신잡〉을 보니 김상욱 교수가 과학적으로 보면 돼지와 인간이 별 차이가 없다고 하던데, 주사를 맞고 그 효과와 부작용을 동시에 확인하다보면 정말 그런 생각이 든다. '과학적으로만 본다면, 실험실의 쥐와 내 몸이 다를 바가 없구먼.' 이렇게 쓰니까 비참하게 들리기도 하는데, 냉정하게 그런 느낌이었다. 내가 원하는 건 사랑하는 남편과 나 사이의 아이라는, 이성애적 낭만의 결정체였다. 그러나 그 원하는 바를 이룰 수 있었던 건 내 몸이 호르몬의 노예로 기능하기 때문이었다. 모든 의료적 처치가 그렇겠지만, 시술 대상이 된다는 건 내 몸을 실험실의 쥐처럼 내주는 일이다.

그런 과정을 겪다보면 일체를 이루고 있다고 생각했던 내 정신과 내 육체의 분리를 경험하게 된다. 내 몸의 주체가 내가 아니라, 내 몸을 좌지우지하는 사람이 의료인이 되기 때문에 생기는 정신적 분열. 내 신체의 가장 내밀한 곳을 통해 이루어지는 난임 시술의 특성 때문에 수없이 느끼게 되는 심리적 균열. 쉽게 말하면 '내몸이 내 몸 같지 않은' 경험이 축적됐다.

이렇게 쓰면 시험관 시술의 부정적인 측면만 부각하는 것 같다. 물론 그렇기도 하지만 만약 이 시술이 없었다면 수많은 난임 커플들의 임신은 좌절됐을 것이라는 사실도 부인할 수 없다. 의학이 눈부시게 발전하지 않았다면 난임인들의 고통은 개선되지 못한 채 계속됐을 것이다.

"인류의 고통을 줄이고 행복을 증진시킨다." 이게 의학의 목적이다. 너무 거창해서 코웃음이 나오던 말을 몸소 체험하게 될 줄 누가 알았겠는가. 세계 최초의 시험관 아기가 1978년생이니 50년 전에 태어났더라면 '도대체 왜 임신이 안 될까' 하며 가슴만 치면서 세월을 보냈을 수도 있다. 시술을 반복하면서 절망의 나락까지 떨어져봤지만, 시술 덕분에 난임의 고통이 끝나고 아기들과 함께하는 행복이 시작됐다.

그렇다고 의술이 만병통치약이라고 단정할 수는 없다. "요샌 시험관 하면 금방 애 생긴다던데?" "쌍둥이 갖고 싶으면 시험관 하면 되지 않아?" 이런 무신경한 말들은 시험관 시술을 거듭하는 사람들에게는 속 편한 소리일 뿐이다. 의학 기술이 할 수 있는 모든 것을 다 해도 풀 수 없는 부분이 아직 남아 있다. 과거의 나를 포함해 고차수 시험관 시술자들은 그 벽 앞에서 한없이 무력해진다.

그랬기에 시험관 시술 기간 동안 내 안에는 두 가지 감정 축이 존재했다. 의학이 발전해서 이렇게라도 시도해볼 수 있음에 감사하는, 긍정을 담당하는 한 축. 이렇게 의학 기술에 내 몸을 맡겨서까지 애를 가져야 하나, 이렇게 몸 바치고 돈 바쳤는데도 왜 임신이 안 되나, 라는 부정을 담당하는 한 축.

이 둘 사이를 시계추처럼 끊임없이 오가면서 몸과 마음을 추스르는 일. 그게 내가 겪은 시술이었다.

통증과
복수와의 싸움

　과배란이 별 탈 없이 끝나면 이제 통통하게 자란 난자를 채취할 차례다. 나는 난자 채취를 1년 정도의 간격을 두고 두 번 진행했다. 첫번째 병원에서 한 번, 두번째 병원에서 한 번.

　시술하면서 병원을 가장 자주 찾은 시기가 과배란 기간이었다. 주사 용량에 맞춰서 난포가 잘 자라는지 2~4일 간격을 두고 초음파로 그 크기를 확인해야 하기 때문이다. 당시 전일 근무를 하지 않았기 때문에 근무 시간을 피해 병원 진료를 받으러 갈 수 있었다. 도대체 아홉시부터 여섯시까지 근무하는 직장인들은 일주일에 두세 번씩 병원에 가면서 어떻게 시술을 하는 거지, 이러니까 시험관을 하다가 직장을 그만두는 거구나, 싶었다. (난 난임 휴가를 쓴 적이 없지만, 법적으로 난임 휴가는 '연간' 3일로 규정돼 있는데 난임인에게는 턱없이 부족하다.) 그렇게 초음파로 난포 크기를 관찰하다가 18밀리미터 정도로 난포들이 자라면 대망의 난자 채취일을 잡는다.

채취일이 잡히는 날, 과배란 주사가 끝나는 날이 정해진다. 내 경우엔, 채취 이틀 전에 마지막 과배란 주사와 소위 '난포 터지는 주사'인 오비드렐 주사를 맞고 하루 전엔 주사 처방이 없었다. 오비드렐 주사는 정확히 말하면 과배란의 정점을 찍어주는 주사로 잘 익은 난자들을 뽑아낼 수 있도록, 한껏 무르익은 난포들이 성숙의 절정에 이르게 해준다. 채취 36시간 정도 전에 맞아야 했는데 간호사 선생님이 시간 맞춰 맞으라고 신신당부하셔서 알람을 맞춰놓고 맞았고, 채취일에도 오비드렐 주사를 몇시에 맞았느냐고 몇 번이나 묻고 확인했다.

첫번째 병원에서는 대기 시간 없이 곧바로 채취했는데, 두번째 병원에서는 어벙벙한 원피스 환자복을 입고 대기실에 들어갔더니 나 같은 사람들이 수두룩했다. 환자복을 입고 머리에는 캡을 쓴 사람들. 미용실도 아니고 나를 포함한 모든 여자들이 똑같은 캡을 쓰고 앉아 있는 모습이 재미있기도 하고 쑥스럽기도 했다.

그렇다면 긴긴 대기 시간 동안 그 방에서 사람들은 무엇을 하는가. 거기서부터 휴대전화는 반입 금지였다. 다른 날은 어떨지 모르겠지만 내가 채취하던 날은 서로 대화를 나누는 사람도 없었다.

다들 대기실 한쪽 벽에 붙어 있는 대형 티브이 화면만 열심히 본다. 티브이를 끄면 개미 지나가는 소리도 들릴 것 같은 절대적인 침묵. 그날은 생활 정보 프로그램이 방송중이었는데, 관심도 없는 요리 레시피를 설명하는 출연진을 멍하니 바라보면서, 나를 포함한 이 방에 있는 모두가 난자 채취든, 이식이든, 자궁경이든 좋은 결과를 얻기를 바라는 오지랖을 마음속으로나마 한껏 펼쳐 보았다.

병원마다 다르지만 나는 두 번 다 수면 마취를 한 후 채취했다. 채취 절차는 동일했다. 시술 전에 혼인증명서와 신분증을 확인하고(현재는 사실혼 부부도 건강보험 혜택을 받을 수 있도록 정책이 변경됐다), 심전도 측정기를 손가락에 물리고, 혈압계를 채우고, 하나둘 셋 마취약이 들어가면 기절. 내가 마취된 동안 의사가 난자를 채취한다. 난자가 무사히 채취됐다는 메시지가 시술실 밖으로 전달되면, 남편은 은밀한 방으로 인도되어 정액 채취를 해야 한다. 남자가 의학적으로 해야 하는 일을 마치고 여자가 마취에서 깨어나면 모든 게 끝.

마취가 깨면, 아프다. 주렁주렁 자란 난포 하나하나에 주삿바늘을 찔러서 난자를 뽑아냈으니 당연한 일이겠지만, 배가 아팠다. 한 번 겪어봐서 아는 통증이었음에도 2차 채취 때는 마취가 깨자 '정말 다시는 하고 싶지 않다…'라는 생각부터 들었다.

다행히 과배란을 두 번만 하고 끝났지만, 과배란 사이에 3개월

씩 쉰다고 가정하면 1년에 최대 세 번 과배란을 하면서 아기를 기다리는 사람들도 많다. 어쨌든 아무리 아파도 한 시간 정도 휴식하면, 수납하고 나가야 한다.

1차 채취 전, 즉 난자 채취를 한 번도 안 해봤을 때는 채취일에 휴가를 쓰느냐 마느냐가 큰 고민이었다. 채취일과 이식일에 모두 쉴 수 있으면 좋겠지만 그러기엔 눈치가 보여서 의사에게 물었다.

"채취일과 이식일 중 딱 하루만 휴가를 쓸 수 있다면, 언제가 좋을까요?"

의사는 보통 심리적인 이유로 이식일에 휴가를 많이 쓴다고 했다. 생각해보니 그랬다. 채취야 난포를 다 뽑아내고 텅 빈 내 몸 하나만 잘 간수하면 되지만, 이식을 하면 태아가 될지 모를 배아가 몸속에 들어와 있으니 최대한 휴식을 취하고 싶겠지.

그래서 나는 1차 채취일에 출근하기로 했다. 10여 년 동안의 직장생활 중 최악의 하루였다. 우선 배가 너무 아파서 허리를 펴고 걸을 수가 없었다. 회사 주차장에 도착해 어기적어기적 엘리베이터를 타러 가는 내 모습을 지켜보며 남편은 '쟤가 과연 오늘 무사히 퇴근할 수 있을까' 하고 걱정했다고 한다. 앞에서 언급했듯이 전일 근무를 하지는 않았지만 그렇대도 오후 반나절은 근무해야 했다. 그 반나절이 어땠는지 구체적으로 기억나지 않는다. 뱃속에서 망나니가 칼을 들고 뛰어다니는데, 잠재울 방법은 없고 그냥 꾹 참고 일했다는 희미한 느낌만 남아 있다.

그래서 2차 채취 때는 채취일에 휴가를 냈다. 과배란, 채취, 이식까지 시험관 시술의 한 주기를 겪어보니 이식은 마취도 안 하고 전혀 안 아프다는 걸 알게 됐기 때문이다. 육체적 통증도 문제였지만 1년이 지난 후에도 1차 채취일의 기억이 너무 생생해서 심리적으로도 선뜻 근무할 엄두가 안 났다. 게다가 2차 채취를 하기 앞서서 배아 이식을 여러 차례 진행하면서 이식일에 휴가를 낸 적도 안 낸 적도 있는데, 모조리, 단 한 번도, 착상이 안 됐다. 그래서 2차 채취를 할 때쯤엔 이식일에 출근하든 말든 붙을 놈은 붙겠지 싶었다. 될 놈은 될 테니 우선 내 몸 안 아픈 게 우선이었다.

2차 채취를 하고서는 마취가 깨고 똑같이 아팠지만, 왜인지 빨리 통증이 가라앉아서 허리를 꼿꼿이 펴고 병원을 나왔다. 보통 사람처럼 주차장으로 걸어간다는 사실에 놀라며 남편과 물개 박수를 쳤다. 휴가를 냈으니 요양을 하겠다는 취지로 친정집에 신세를 졌다. 마취 기운에 취해서는 엄마 밥을 먹고 내리 잠만 잤지만 1차 채취 때의 통증 망나니는 등장하지 않았다. 1차 채취 때는 화장실에서 왈칵 나온 빨간 피를 보고 식겁했으나 간호사에게 그럴 수 있다는 대답을 들은 경험이 있어서 2차 채취 후에는 피가 좀 나도 별로 놀라지 않았다.

채취 후 첫번째 과제가 통증이라면, 두번째 과제는 복수였다.

난자를 채취하면 복수가 찰 수 있기 때문에 채취 후 이온음료를 많이 마시고 화장실에 자주 가라고 간호사가 주의를 준다. 1차 채취일에 복수 얘기를 듣고 겁이 났는지 남편이 이온음료 네 상자를 사다놨다. 캔도 아니고 페트병으로 네 상자. 배를 움켜잡고 퇴근했더니 현관에 이온음료 상자가 탑처럼 쌓여 있었다.

"저렇게 많이 마시란 말은 아니야… 내 방광을 이온음료로 터뜨릴 작정이야…?"

그걸 다 마실 수는 없었지만, 가열차게 마시고 부지런히 화장실을 들락거렸다. 배가 터질 것처럼 부풀어오르는데 이게 복수 때문인지 이온음료 때문인지 헷갈릴 지경이었다. 복수는 소변으로만 빼낼 수 있다니까 화장실 가는 게 귀찮지도 않았다. '소변이 계속 나오는군! 정말 다행이야!' 하며 화장실에 갔다.

복수가 너무 많이 차면 응급실에 가거나 복수 천자라는 시술로 복수를 빼내는 사람도 종종 있단다. 다행히 그 정도로 복수가 차지는 않았다. 숨도 너무 심하게 차면 응급실로 내원하라고 안내해주는데 몇 번 숨이 가빠지긴 했지만 누워서 좀 쉬면 나아졌기 때문에 병원에 가지는 않았다. 난자들이 다 빠졌으니 배가 가벼워질 줄 알았는데, 그 자리에 복수가 차서 배는 여전히 묵직했다. 일주일에서 열흘 정도 지나서야 예전에 입던 몸에 딱 맞는 하의를 다시 입을 수 있었다.

통증만 생각하면 내 경우에는 시술 과정중 가장 큰 고비는 채취였다. 이것도 사람마다 달라서 난소 기능 저하가 심하면 난포가 하나라도 보여서 채취라도 하는 게 소원인 사람들도 많다. 주사 용량을 높여도 난포가 안 자라면 그달은 채취를 못 하고 넘어가기도 한다. 겨우 한두 개 채취했는데 공난포일 수도 있다. 그러니 채취가 아팠다는 내 사례로 일반화할 수는 없지만, 내 경우로 한정하자면 채취가 가장 큰 산이었다.

다행히 두 번 모두 채취 결과가 아주 좋았다. 두 번 다 난자가 충분히 채취됐다. 1차 채취 전에는 10개월 정도 자연임신 시도를 하면서 철저하게 식단관리도 하고 임신을 위해 수도자 같은 삶을 살았지만 2차 때는 그 정도로 빡빡하게 생활을 하진 않았다. 그럼에도 난자 채취 개수는 똑같았다. 과배란 주사 부작용과 채취 통증, 출혈, 복수까지 채취를 위해 만만치 않은 고개를 올라야 했지만, 다행히 채취된 난자 수가 충분했기 때문에 고생한 보람이 있었다.

첫번째 채취가 끝나고 3일쯤 지나자 과배란으로 인한 두통도 없고, 채취 통증도 좀 가라앉아 거의 3주 만에 동네 카페에 앉아 퇴근하는 남편을 기다렸던 기억이 난다. 아무런 신체적 불편함 없이 정상적으로 먹고 싼다는 게 얼마나 감사한 일상인지를 실감하며 호젓함을 즐겼다. 며칠 후에 이식을 해야 하니 커피는 못 마셨지만, 집, 회사, 병원만 돌다가 이 외의 장소에 나와 있다는 사실 자체가 참 달콤했다.

채취가 끝나면 시술의 열쇠는 나도, 의사도 아닌 배양실로 넘어간다. 이제 배양실 연구원이 배양접시에서 난자와 정자를 만나게 하면, 거기에서 몇 개의 수정란과 냉동 배아가 생성되는지 기다려야 한다.

정자와 난자를
소개팅시켜봅시다

채취 후 내가 이온음료를 들이켜면서 복수 배출에 힘쓰는 동안, 배양실에서는 정자와 난자를 소개팅시킨다. 시술 전 검사에서 별문제가 없어서 원인불명의 난임인 줄 알았던 사람들도 막상 이렇게 난자와 정자를 수정시키는 과정에서 문제가 발견되는 경우가 종종 있다. 난자가 정자를 밀어낸다거나, 반대로 정자가 난자를 못 뚫고 들어간다거나 하는 문제가 생기는 것이다. 그러므로 난자 채취 개수가 많아도 실제로 수정란이 얼마나 나올지는 해봐야 안다. 그 수정란 중에서도 바로 신선 이식에 쓸 만한 배아가 몇 개 나올지, 냉동까지 시킬 수 있는 배아가 몇 개일지도, 해봐야 안다.

그렇기에 시술을 한 커플은 이 소개팅이 무사히 끝날 때까지

105

며칠 동안 기다리는 수밖에 없다. 어떤 병원은 진행상황을 앱으로 실시간 확인할 수 있다. 이런 병원에 다니는 사람들은 이온음료를 마시면서 이 앱을 수도 없이 확인한다고 한다. 나는 두 번 다 이런 앱이 없는 병원을 다녀서 깜깜이 상태로 좋은 결과가 나오기만을 바라야 했다.

배양을 마친 배아는 크게 3일 배양과 5일 배양 배아로 나뉜다. 3일 배양이면 채취 3일 후, 5일 배양이면 5일 후에 이식을 한다. 통상적으로 자궁 밖 배양실에서 5일까지 세포분열하면서 버틴 배아가 더 강하다고들 하는데, 난임 카페에서는 3일 배양이든 5일 배양이든 그냥 내 몸에 붙여주는 배아가 최고라고들 한다. 사실 1차 때는 이런 걸 제대로 몰라서 기다리면서 그렇게까지 피 말리지 않았다. 5일 배양 배아가 나왔으니 채취 5일 후에 이식하러 오라는 연락을 받고 쫄래쫄래 병원에 갔다. 이식받고 며칠 후에야 5일 배양 냉동 배아가 여섯 개 더 있다는 말을 들었다. 많은 정보가 없었으나 냉동 배아가 나오면 과배란을 건너뛰고 이식만 하면 된다는 건 그때도 알고 있었다.

냉동 배아 여섯 개라니!

두 개씩 이식해도 세 번의 기회가 남은 것이고, 한 개씩 이식하면 여섯 번의 기회가 남은 셈이었다. 과배란 주사를 맞지 않고도 세 번에서 여섯 번 이식할 수 있다니! 쌓여가는 적금 보는 일과도 비교가 안 될 정도로 뒤가 든든해지는 소식이었다. 부정 탈까봐 말은 못했지만 '잘하면 둘째까지도 도전할 수 있겠다'라고, 속으로만 속으로만 되뇌면서 기뻐했다. 1년도 채 지나지 않아 여섯 개의 배아를 다 써버릴 줄은 꿈에도 모르고 펼친 둘째 망상이었다.

2차 채취 후에는 마취에서 깼을 때 간호사가 난자 채취 개수가 충분하기 때문에 모든 배아를 다 냉동시켜보겠다는 의사의 말을 전했다. 다 냉동하면 그달에 신선 이식은 못하기 때문에 채취 후 열흘을 기다려야 배양 결과를 들을 수 있었다. 아무것도 모르는 상태로 기다리면서 얼마나 초조했던지…

열흘 후 진료 보러 가서 대기실에 앉아 있는데, 간호사가 오더니 작은 목소리로 "냉동 배아 열 개 나왔습니다"라고 알려줬다.

만세! 그 자리에서 폴짝폴짝 뛰고 싶은 마음이 굴뚝 같았으나 난임 병원 대기실은 그런 곳이 아니다. 오늘 나는 냉동 배아가 충분히 나와서 기쁘지만, 누군가는 수정란이 하나도 안 나왔을 수도 있다. 누군가는 유산 진행중이라 내원했을 수도 있고, 누군가는 난포가 안 보여서 괴로울 수도 있다. 이렇게 난임 병원 대기실은 각양각색의 괴로움이 존재하는 곳이다. 반대의 경우도 겪게 된다. 내가 비임신 결과를 받아든 날, 누군가는 산모 수첩을 받아가는 걸 물끄러미 바라봐야 하는 때도 있다.

다시 말하면, 모두가 그날 분의 고통을 머리 위에 먹구름처럼 드리우고 있어서 내 우산만 걷어치우고 "오늘 정말 행복해!" 하고 외칠 수 없는 분위기다. 그래서 거의 속닥이는 수준으로 "감사합니다" 하고 남편한테 카톡 이모티콘으로 침묵 속의 만세를 백 번 불렀다. 그런데 두려움이 그 기쁨의 뒤를 치고 들어왔다.

'설마 저 냉동 배아 열 개를 다 쓰고 이 병원에서도 빈손으로 나가는 건 아니겠지? 지금까지도 다 안 됐는데 저 배아 중에 하나가 내 자궁에 붙으란 보장이 어디 있어?'

이런 두려움을 떨치려고 괜히 남편한테 "배아 열 개면 둘째도 가능하겠다!"며 농담하자 시술 기간을 통틀어 처음으로 남편이 화를 냈다. 내가 둘째를 운운하자 남편은 기막혀하며 너는 이렇게까지 고생해놓고 둘째 소리가 나오느냐, 이 고생을 더 할 작정이냐, 내 나이가 몇인데 둘째냐, 여기서 성공하면 내 인생에 애는 더이상 없다, 애 없이도 살려고 했던 나한테 둘째는 있을 수 없다 운운하며 나지막한 목소리로 계속해서 불만을 토해냈다. 그때까지도 상황 파악을 못해 "그냥 농담한 건데 왜 그리 진지해"라고 했더니 남편은 그런 농담조차 듣기 싫다고 못을 박았다.

배아 배양이 끝나면 배아를 몇 개 이식할지 결정해야 한다. 우선 배아 이식 개수에 대한 정부의 가이드라인은 이렇다. (2019년 기준)

	5~6일 배양 배아	2~4일 배양 배아
35세 미만	1개	2개
35세 이상	2개	3개

처음 나를 담당했던 의사는 "배아 두 개를 이식하면 자기들끼리 착상 자리 싸움을 한다는 연구 결과가 있으니 하나만 이식할게요"라고 말하고, 단일 배아 이식을 했다. 시험관을 시작할 때 내 나이가 딱 만 35세였기 때문에 착상 확률을 높이기 위해 배아 두 개를 이식해달라고 요구할 수도 있었다. 그러나 쌍둥이는 산모 나이에 상관없이 고위험 임신에 속한다. 임신이 된대도 이미 노산이라 고위험 산모일 텐데 위험 요인을 하나 더 안고 갈 생각은 전혀 없었다. 하나만 키워도 힘들어 보이는데 내가 두 아이의 엄마가 될 그릇이라고도 생각하지 않았다.

쌍둥이는 유산과 조산 확률도 높은 편이라는 정보도 접한 터였다. 실제로 대구에서 삼신 할배라 불리는 난임 시술의 권위자 이성구 선생님이 배아 이식 개수를 늘렸다가 다태아 임신이 늘었단다. 이에 대구 일대에서 신생아 중환자실에 들어가는 아가들이 많아져 2008년부터 단일 배아 이식을 원칙으로 정했다고 한다.

둘째 운운하며 농담을 했지만, 마음 깊은 곳에서는 하나만 임신돼도 감지덕지라는 게 진심이었다. 그래서 10개월 동안 단일 배아 이식으로만 일곱 번 이식을 하고, 배아를 다 써버렸다. 이렇게 되자 그간 내 판단이 맞았던 건가, 회의가 들었다. 내 자궁상태로는 단일 배아를 이식해선 임신 확률이 턱도 없이 낮은데 내가 고집을 부린 걸까. 아직 되지도 않은 임신에, '안전한' 임신이라는 조건까지 덧붙여서 배아 하나만 이식하니까 줄줄이 실패한 게 아닐까? 두 개 이식해달라고 의사를 졸라볼걸 그랬나?

그래서 병원을 바꾸고 의사를 만나기도 전에 우리 부부는 단일 배아 이식 원칙을 깨끗이 포기하기로 했다. 이식 전에 상담실 간호사가 정부 지침을 보여주면서 "혹시 배아 하나만 이식하고 싶으시다면…"이라길래 끝까지 듣지도 않고 그저 지침대로 해달라고 고개를 조아렸다.

그렇게 배아 이식 개수까지 정하면 드디어 이식이다. 이식은 별것 없다. 마취도 안 하고 그냥 누워 있으면 배양실에서 배아를 받아서 의사가 내 자궁 길을 통해 배아를 얌전히 넣어준다. 시술 시간만 따지면 5분 정도일까? 첫번째 병원에선 레지던트로 보이는 사람이 초음파가 잘 보이게 아랫배를 살짝 눌렀는데, 가끔 너무 세게 눌러서 불편하긴 했지만 채취에 비하면 아무것도 아니었다. 가끔 자궁 길이 휘어져 있거나 자궁 위치가 이식하기 어려운 경우에는 이식하면서 통증 때문에 힘들어하는 경우도 있단다.

병원마다 다른데, 쭉 늘어선 이식 침대를 의사가 지나면서 이식

해주는 병원도 있다고 한다. 첫번째 병원은 종합병원 내 클리닉이라 워낙 규모가 작아서 그럴 일 없이 프라이버시가 지켜지는 분위기였다. 다만, 첫번째 병원은 대기실이 좀 쌀쌀한 듯해 수면양말을 미리 신고, 무릎담요를 하나 더 챙겨가서 간호사들에게 병원 이불 덮기 전에 덮어달라고 부탁해놨다. 그럼 의료진이 나를 매우 소중한 아기처럼 시술 의자에서 침대로 옮겨주고 이불로 싸준다.

두번째 병원에서는 대기용 침대 그대로 이식실로 이동해서 이식을 마치면, 그 침대에 누운 채로 다시 대기실로 옮겨졌다. 이렇게 소중히 대접을 받는 건 배아가 이식된 내 몸의 움직임을 최대한 막기 위해서다. 이식일에는 스스로가 굉장히 귀한 몸이 된 것만 같았다. 그렇게 이식이 끝나면 누워서 한 시간쯤 쉬다가 집에 돌아가면 된다. 참으로 간단하지 않은가.

첫번째 병원은 쉬면서 음악을 들어도 된대서 아이패드랑 이어폰을 챙겨갔다. 음악도 격정적인 베토벤, 브람스 이런 것보다는 바로크 첼로 모음곡 같은 가볍고 귀여운 클래식 음악을 골랐다. 배아가 잘 붙기 위해서라면, 이런 세심함까지 발휘하게 된다. 아기가 내 몸에 들어와서 처음 듣는 소리가 기도면 좋겠다 싶어서 묵주 기도를 한 적도 있다.

이식할 때, 방광이 차 있으면 자궁 길이 잘 보인다며 이식 세 시간 전부터 소변을 참고 오라고 한다. 이식 차수가 쌓이자 해이해졌는지 4차 이식일인가에 일어나마자 아무 생각 없이 소변을 봐버렸다. 여느 때라면, 시원하고 가볍고 기분좋게 화장실을 나와야 하는데, 화장실 문을 닫고 나오는 순간 내 실수를 깨닫고 문자 그대로 비명을 질렀다. 으아아악!

언 발에 오줌 누기 아니, 오줌을 눠버렸으니 응급처치로 병원 갈 때까지 벌컥벌컥 물을 마셨다. 그랬더니 그만… 이식하고 누워 있는데 화장실에 가고 싶어 미치겠더라. 무조건 누워 있는다고 착상이 되는 건 아니지만, 눕혀진 지 얼마 되지 않아서 요의가 느껴졌다. 아직은 벌떡 일어나면 안 될 것 같은데… 그날은 음악도 귀에 잘 안 들어오고 오직 벽시계와 나, 혹은 방광과 내 정신의 대결을 치러야 했다. '10분만 더 참자, 5분만 더 참자, 한 번만 더 5분…' 하다가 30분쯤 참고 간호사에게 먼저 일어나겠다고 다급하게 외치고 화장실에 갔다는 서글픈 이야기. 배아 입장에선 모체에 들어오자마자 모체가 요의를 참느라 잔뜩 긴장해 있으니 그달에 당연히 붙지 않은 건가 싶다.

그런데 6, 7차 이식 정도 되니 음악이든 기도든 뭘 하겠다는 마음이 서서히 사라졌다. 그저 '이식 후에 잠이나 푹 자면 착상에 도움이 되겠거니' 하며 묘하게 해탈했달까.

이식 후엔 먹어야 하는 약과 맞아야 하는 주사 처방에 대해서 설명을 듣고 집이든 회사든 알아서 갈 길을 가면 된다. 이식일의 중요한 이슈가 이것이다. 회사로 갈 것인가, 집으로 갈 것인가. 즉, 이식하는 날 출근을 할 것인가 말 것인가.

나는 여덟 번의 이식 중 반 정도는 출근을 안 하고, 반 정도는 출근을 했다. 출근을 안 했을 때는 휴가를 낸 적도 있었고 운좋게 이식일이 토요일에 걸린 적도 있었다. 이식 횟수가 쌓이면서 매번 휴가를 내기도 눈치가 보여서 그냥 출근한 적도 있었는데, 다 일장 일단이 있었다.

일할 때 서 있는 시간이 많은, 가만히 앉아 있을 수 없는 직장에 다녀서 그런 점이 신경쓰이긴 했다. 그렇지만 내 아기는 어차피 세상에 나와도 일하는 엄마랑 살아야 되는 운명이니 일상의 리듬을 깨지 않으며 이식일을 보내는 것도 나쁘지 않았다. 출근을 안 한 경우는 뭐 따로 설명이 필요하겠는가. 남들 일할 때 쉴 수 있다는 사실만으로도 좋지 아니한가. 일할 때는 어쩔 수 없이 긴장하게 되는데 집에 와서 평온하게 한숨 푹 자고 배아가 잘 붙어주길 바라면 되니 편안했다. 그러나 한낮에 집에 있으면 자꾸 이식된 배아 생각에만 골몰하게 돼 그 점은 도움이 안 됐다.

집으로 가든 회사로 가든 병원 문을 나서는 순간, 누구에게도 보이지 않지만 우리 부부만 아는 신체의 새로운 비밀이 생긴다. 지금 내 몸에 훗날 내 아기가 될지도 모르는 배아가 들어와 있다는 비밀.

내가 산 임테기만
불량이 아니고서야

　과배란, 채취, 이식까지 했으면 몸이 힘든 과정은 다 끝났다고 보면 된다. 이제 임신 확인을 위해 피검사를 해야 하는 날까지, 정신적으로 가장 쪼이는 기간이 찾아온다.

　자연임신이라면 배란일 혹은 관계 후 14일이면 임신 확인을 할 수 있지만, 시험관이라면 배아의 종류에 따라 임신테스트기를 할 수 있는 날이 달라진다. 3일 배아는 추정 배란일에서 3일이 지나 이식하니 14일에서 3일을 뺀 이식 후 11일, 5일 배아는 추정 배란일에서 5일이 지나 이식하니 이식 후 9일에 임테기를 해볼 수 있다. 나는 매번 5일 배아 이식을 해서 이식일을 포함해 열흘 동안 기다려야 했다.

피검사를 기다리면서 난임 여성들이 가장 신경쓰는 문제는 음식이다. 추어탕, 소고기, 아보카도, 전복 등이 착상에 도움되는 음식이라고 많이들 추천한다. 그래서 우리도 초반엔 추어탕 쟁여놓고, 전복죽 사 먹고, 소고기 이틀에 한 번씩 굽고, 아보카도랑 바나나 갈아서 우유 부어서 먹고 그랬다. 그런데 추어탕은 냄새가 싫고, 아보카도는 바나나랑 섞어도 비리고, 별로 좋아하지도 않는 보양식을 매달 열흘 정도 챙겨 먹는 일도 질렸다.

그래서 나중엔 그냥 먹고 싶은 대로 먹었다. 그래 봤자 밀가루, 튀김, 라면 같은 건 원래도 자제중이라 몸에 안 좋은 걸 먹는 일도 없었다. 대신 추천 음식 중에 소고기는 원래도 좋아했고 먹어도 먹어도 물리지 않아서 이식 핑계로 더, 더 많이 사서 실컷 먹어 소고기 조달책 남편이 동네 정육점 사장님이랑 절친이 돼버렸다.

두번째 문제는 집안일을 어떻게 할 것인가였다. 내 경우 이식 후엔 집안일을 웬만하면 하지 않으려고 했다. 집안일을 안 하면 착상이 된다고 아무도 장담할 수 없다. 하지만 직장에서도 서서 일하는데 집에서도 서서 요리하고 설거지하고 청소한다고 돌아다니다가 결과가 안 좋으면 너무 후회할 것 같았다. 그래서 이식 후에는 남편이 거의 가사를 도맡았지만 남편이 정신없이 바쁠 때가 문제였다. 둘이 사는 집이라 살림 규모가 크지 않아도, 둘 다 가사노동을 못하면 집은 금세 엔트로피의 법칙을 증명하는 공간으로 탈바꿈한다. 집안일이란, 하면 티가 안 나지만 안 하면 무섭도록 빠르게 티가 나는 법.

설거짓거리와 빨랫감이 쌓여가고 집안은 나날이 더러워졌다. 남편은 새벽에 나가서 한밤중에 들어오는데 근무 시간 외에 집에서 더 오래 머무는 것도, 집이 난장판이라 스트레스를 받는 것도 나였다. 그래서 결혼하고 처음으로 가사 도우미 서비스를 써봤다.

이 정도의 돈을 지불하고 노동력을 이렇게 쉽게 사도 되는 건지 죄책감이 들기도 했지만 도우미 한두 번 부르고 쉬어서 이식에 성공하고 싶다는 유혹에 넘어가고 말았다. 그래서 서비스 이용을 해봤는데, 역시 전문가는 전문가였다. 바닥이 뽀득뽀득해지고 주방 개수대도 화장실 세면대도 먼지 하나 없이 반짝반짝해졌다. 그후로도 이식 후에 남편이 바쁠 때면 종종 가사 도우미 서비스를 이용했다.

그다음에 남은 건 나 자신과의 싸움이었다. 일단 그 이름하여 바로 증상 놀이. 이건 사실 시험관 하기 전, 자연임신을 시도했던 때부터 쭉 해온 놀이(?)다. 임신테스트기를 하기 전까지 소위 임신 증상이라는 게 나타나기를 기다리거나, 임신 증상 같은 증상이 나타나면 '앗, 임신인가?' 고민하게 되는 일. 내 몸은 참으로 다양한 임신 증상을 선보였지만, 결과는 늘 비임신이었다. 젠장할, 내 몸이 나를 농락한다.

- **배가 콕콕 쑤신다** → 이게 피부가 쑤시는 건지 배 안쪽의 자궁이 콕콕대는 건지 모르겠다.
- **소변을 자주 본다** → 밤에 깨서 화장실에 갈 때도 있었으나 결과는 아니었다. 그냥 그날 나도 모르게 물을 많이 마셨나보다.
- **시험관 이식 후에 밑이 쿡쿡 쑤신다** → 근무중에 '헉!' 소리가 날 정도로 자주 쑤셨으나 임신은 아니었다. 착상조차 못한 차수에 자주 그랬는데 대체 왜 그런 건지 알 수가 없다.
- **잠이 쏟아진다** → 그냥 내가 잠이 많은 거였다.
- **착상혈이 나온다** → 착상혈이 아니라 생리가 일찍 시작된 거였다.

이렇게 미세한 신체 증상에 일희일비하면서 '자궁이 정말 내 몸에 붙어 있는 게 맞구나' 하고 깨달았다. 이식했다는 사실을 잊고 편하게 지내려고 해도, 실제로 일이나 운동이나 친구 만나기 등에 몰두하면서 잊고 지내다가도 소위 임신 증상이 갑자기 나타나면 '맞다, 지금 내 자궁에 배아가 들어와 있지!' 하고 의식될 수밖에 없었다.

'남편도 이렇게 자주 이식된 배아를 의식할까?'라는 의문이 들었다. 남편은 자궁이 없으니까 나처럼 자의와 관계없이 '배아가 네 몸에 있다 삐-삐-' 신호를 느끼지 않겠지? 일하러 나가면 모든 걸 깨끗하게 잊고 일에만 집중할 수 있는 남편이 부럽고 얄밉기도 했다.

그러나 시험관 시술의 고통에서 벗어난 지금에서야 돌이켜보면 남편은 남편만의 고충이 있지 않았을까 싶다. 열흘 동안 내 뒤치다꺼리와 집안일을 도맡아 하면서 임신이 된 것 같은지 아닌 것 같은지는 한 번도 먼저 묻지 않았으니까. 임신이 된 후에 남편에게 듣자 하니 피검사 전날 초콜릿이 들어간 제품을 내가 주섬주섬 찾아 먹으면 임신이 아니었단다. 그래서 어느 순간 집안 한구석에서 혼자 초콜릿 제품을 먹고 있는 나를 보면 '음… 이번에도 아닌가, 내 아내는 내일 또 울겠구나' 했다고.

남편에게 내 몸에 느껴지는 증상에 대해 재잘재잘하기는 했다. 임신 소식도 아니고 임신'인 것만 같은' 증상이 느껴진다고 달리 누구에게 말하겠는가. 아무리 친하다고 해도 이런 시시콜콜한 얘길 나눌 사람은 남편뿐이었다. 그럼에도, 하루에도 몇 번씩 느껴지는 그 모든 증상을 남편에게 다 말하지는 않았다. 그럴 수도 없고, 그럴 필요도 없다고 생각했다. 우리 둘 사이의 가장 중대한 과업이 이미 시험관 성공이 돼버렸기 때문에, 서로 굳이 말을 안 해도 우리의 가장 큰 관심사가 늘, 언제나, 항상 시험관이었기 때문에, 사소한 증상까지 전적으로 공유하면서 그런 생각을 더 증폭시키고 싶지 않았다.

차수가 쌓일수록 이런 경향이 더해가서, 나중엔 이식 후부터 피검사 전까지 평소보다 더 평소처럼 지내려고 노력했다. 아무 일

없는 척, 별일 아닌 척, 대신 암묵적으로 싸울 일이나 부딪칠 일은 서로 만들지 않고, 더 웃으려고 노력하면서 보내는 열흘. 그럼에도 주어진 열흘 중 7일 정도, 즉 이식 후 일주일이 지나면 나 자신과 가장 처절한 싸움을 치러야 한다. 바로, 임신테스트기와 하는 기싸움이었다.

5일 배아의 경우, 임신테스트기는 이식 후 9일째에 하라고 하나 그건 이론적인 설명이다. 이식 후 7일째에는 깨끗한 한 줄이었다가 9일째에 두 줄이 뜨는 경우도 있다지만 그건 예외적인 경우인 듯하고 5일 배아 이식 후 일주일 정도면 흐린 두 줄이라도 보여야 피검사를 하는 날 100 이상의 안전한 임신 수치가 나온다고 생각했다. 임신 호르몬 수치가 이틀 동안 두 배 정도 오른다고 하니 피검사 이틀 전이면 50까지는 올라 있어야 하고, 그 정도면 웬만한 임테기에는 두 줄이 뜨지 않을까 했다.

어린 왕자는 여우에게 "네가 오후 4시에 온다면 나는 3시부터 설레기 시작할 거야"라고 그 유명한 대사를 날렸는데, 이를 적용해보자면 "피검사가 17일이라면 난 15일부터 설레고 심장이 조여올 거야" 정도랄까.

이식 후 7일째 눈을 뜨는 순간부터 오늘 아침에 임테기를 해볼 것인가 말 것인가, 내면에서 치열한 싸움이 벌어졌다. 임테기를 넣어둔 화장실 선반장 가장 아래 칸을 내면의 눈으로 노려보면서 고민을 시작한다…

'너무 궁금하잖아! 해봐!' '해봐서 아니면 실망만 하잖아! 참아!'

첫번째 이식이었던 신선 1차 이식 때는 피검사를 하는 그날까지 단 한 개의 임테기도 쓰지 않았다. 처음이라 더 초인적인 인내심을 발휘해 참아낸 것 같다. 그다음부터는 임테기를 안 하겠다며 참는 게 더 정신적인 소모가 심하다 싶어서 웬만하면 7일째부턴 그냥 막 했다. 물론 7일째 임테기를 해보고 비임신이면 기분 나쁜 날만 이틀 더 늘어나는 셈이지만, 차라리 기분 나쁘고 말지 궁금해 죽겠는데 참는 게 더 힘들었다.

임테기를 소변으로 적시고, 결과가 나오기까지 얼마나 두근거리고 떨렸는지. 매번 해도 매번 새롭던 3분. 거의 대부분 아주 깨끗하게 한 줄이 떴으나, 흐릿하게라도 두 줄이 보이지 않을까 스틱을 화장실 조명 아래서 얼마나 요리조리 돌려봤던가. 흐릿하게 두 줄이 보이는 것 같은데 확실치 않길래 플라스틱 부분을 분리시켜 시약지만 본 적도 있다.

한 줄이 확실하면 화장실 문을 열고 남편에게 이 얘기를 어떻게 전하느냐가 마지막 고비였다.

나는 늘 "이번에도 아닌가봐" 하면서 닭똥 같은 눈물을 흘렸고 남편은 "아직 7일이잖아. 너무 걱정 마"라는 고정된 대답으로 나를 위로했다. 9일째 피검사날도 한 줄이 뜨면 "이번에도 아닌가봐" 하면서 닭똥 눈물이 재등장했고 그럴 때마다 남편은 괜찮다고 했다.

화장실 문 앞에 서서 수없이 주고받았던 똑같은 문장들. 괜찮다고, 늘 별말 안 하고 안아주기만 해서, 한번은 당신은 도대체 무슨 생각을 하느냐고 나한테도 감정을 나눠달라고 했더니 "나도 당연히 네가 화장실 문 열고 임신이라고, 폴짝폴짝하면서 나오는 모습을 상상하면서 기다리지"라는 말이 돌아왔다. 몇 년 넘게 한 번도 듣지 못했던 남편의 속마음을 알게 된 날, 얼마나 많은 눈물을 쏟았는지.

흐릿한 두 줄이라도 보이는 것 같으면, 가끔 "여보 여기 두 줄 보여?"로 멘트가 바뀌었지만 대부분은 내 상상 속의 두 줄이었다. 남편 눈은 더 냉정했으니까, 이거 두 줄 아니라 한 줄이라고 답해줄 때, 그 말은 또 얼마나 돌려 돌려 에둘러대던지. 극한 직업=시험관 시술중인 아내를 둔 남편.

처음엔 비임신이라도 노트에 임테기를 붙이곤 했다. 그다음날 흐린 두 줄이 나올지도 모르니까, 비교해보려고 며칠 더 두기도 했다. 나중엔 그냥 한 줄이면 쓰레기통에 곧장 버렸다. 그렇게 버린 임테기가 몇 개이던가.

애꿎은 임테기를 탓하는 날도 있었다. 내가 산 임테기만 불량이 아니고서야 어떻게 3년 넘게, 그러니까 서른 번 넘게 매번 한 줄만

나올 수 있지? 도대체 임신테스트기에 두 줄이 뜨기는 뜨는 거냐, 뜬금없는 음모론까지 펼치면서 분통을 터뜨렸다. 어차피 다음달에 또 테스트기 살 거면서… 테스트기를 미워하고, 한 달 후에 또 테스트기에 기대를 걸면서 구매하는… 임테기 회사의 충실한 호구, 아니 고객님 노릇을 해줬다. 매번 똑같은 동네 약국에서 종류별로 임테기를 사다보니 나중엔 약사 얼굴 보기도 민망해서 익명이 보장되는 시내 대형 약국에서 한꺼번에 사다가 쟁여놓기도 했다.

쟁여놓는 시기를 지나 임테기를 없애버리는 단계가 오기도 했다. '저놈의 얇은 스틱 하나가 뭐라고 내 정신을 이렇게 들었다 놨다 하는가. 저 물건은 의학 기술 발전을 증명하는 작디작은 임신 확인용 도구에 불과한데, 나는 왜 저 물건에 휘둘리는가!' 그러면서 나의 미약한 정신을 탓하고 다잡는 게 아니라 임테기 자체를 집에서 없애버렸다. 문제가 생기면 문제의 뿌리를 뽑는 게 아니라 싹수만 잠깐 자르겠다는, 참으로 한국적인 해결책을 선택한 참으로 한국적인 여자, 그게 나였다.

이렇게 몸에 좋은 거 많이 먹고, 집안일은 면제받으며 내 몸을 최우선으로 위하는 10일, 하지만 어두운 구석만 찾아드는 생쥐처럼 '임신일까 아닐까'에만 신경이 쏠리는 10일을 견뎌내면 피검사 날이 온다. 합격자 발표, 아니 임신 결과를 받는 날.

내 몸은
아기를 품을 수 없는 몸인가

시험관 시술의 한 주기는 피검사까지 해야 완벽하게 끝이 난다. 임신테스트기보다 피검사로 임신 호르몬 수치를 더 정확히 확인할 수 있기 때문에, 집에서 임신테스트기를 해봤든 아니든 병원에서 피검사를 해야 의학적으로 한 주기가 끝났다고 공식적으로 인정이 된다.

그놈의 '피검'을 여러 번 했지만, 피검사날까지 임신테스트기를 안 해본 건 신선 1차 이식 때 딱 한 번이었다. 괜히 먼저 해보고 신경쓰면 착상에 방해가 될까봐 참았다. 마침 혹은 하필이면 회사 휴일에 피검사를 하는 바람에 아침에 피를 뽑고 간호사가 전화로 결과를 알려줄 때까지 기다려야 했다. 혼자 기다릴 자신이 없어서 여동생이 점심을 먹으면서 같이 있어주기로 했다. 동생을 만나러 가려고 차에 시동을 걸려는 순간, 전화가 왔다.

전화를 받는 순간 알게 됐다. 간호사의 "여보세요"만 들어도 결과를 알 수 있구나. 평소엔 짱짱하던 간호사의 목소리가 푹 수그러져 있었다. 뒷말은 안 들어도 됐다. 피검사 수치가 몇이냐고 물어봤는데 영점 몇이라고 했다. 통상 임신이라고 인정하는 호르몬 수치가 100이니 이건 뭐… 영도 숫자긴 하지만…

냉동 배아가 있으니 다음달 생리가 시작되면 연락하라며 간호사는 전화를 끊었다. 전화를 끊자마자 차 안에서 혼자 펑펑 울었다. 첫번째 실패인데 왜 그렇게 울었을까. 하지만 사실은 첫번째 실패라서 그렇게 운 걸 거다. 과배란, 채취, 이식 모든 게 난생처음이고 낯설었던 것처럼, 이식 실패도 처음이었으니까.

차 안에서 한참 울다가 눈물 콧물을 쓱쓱 닦고 동생을 만나러 갔다. 동생과 인도 커리를 싹싹 긁어먹고, 한 달 반 동안 자제했던 커피랑 밀가루를 섭취하겠다며 디저트 카페에 가서 딱 봐도 몸에 해로울 듯한 케이크를 우걱우걱 씹어 삼키고 진한 커피를 단숨에 다 마셨다.

시험관 말고 다른 이야기를 하면서 우울함을 떨치려고 했는데 그래도 내 기분이 가라앉아 보였는지 동생이 의미심장하게 말했다.

"언니, 이거 진짜 중요한 순간에 쓰려고 숨겨둔 비장의 카드인데… 한번 볼래?"

그러더니 지갑 안쪽 깊숙한 곳에서 사진 한 장을 꺼냈다. 바로… 세상 못생겨 보이는 제부의 대학교 학생증 사진이었다. 지금은 훈남인 제부가 당시 유행이던 주황색 안경을 쓴, 뭐라 형언할 수가 없는 모습이었다.

"언니, 이 사진 나도 정말 심각하게 우울할 때만 꺼내 봐."

너무 웃겨서 둘이 깔깔대며 웃었다. 제부의 인권 보호 차원에서 이 사진을 봤다고 절대 말하지 말라고 동생은 신신당부를 했다. 그리고 어린이집 하원하는 조카를 데리러 가며 이렇게 말했다. "언니, 커피든 술이든 다 퍼마셔. 먹고 싶은 거 다 먹고. 대충 살아!"

그다음 차수부터는 무조건 임신테스트기를 한 후에 피검사를 받았다. 피검사 며칠 전부터 임테기를 써대지 않더라도, 당일 아침엔 꼭 했다. 무방비상태로 기다려보니 소심한 나로서는 대학 입시나 취직 시험 결과를 기다릴 때처럼 심장이 쿵쾅대서 괜히 감정 소모만 한다고 느꼈기 때문이다.

게다가 대부분 직장에 있을 때 결과 전화를 받아야 했는데 아무것도 모르고 받았다가 눈물이라도 뚝뚝 떨어지면 안 되니까, 미리 테스트기로 결과를 알아뒀다. 그래야 직장에서 간호사의 전화를 받아도 "네, 알아요, 네, 네, 안녕히 계세요" 정도로 통화를 끝낼 수 있었다.

통화는 짧을수록 좋았다. 간호사도 그런 전화는 하기 싫겠지. 피검사날 진료를 보면서 향후 계획을 세우는 병원도 있다던데 내가 다니는 병원은 그러지 않아서 좋았다. 가슴께에서 시작된 울렁거림이 눈가로 터져나올 듯이 가득찼는데, 그 상태로 의사를 만나서 뭐하겠는가. 의사를 만나봤자 눈물이나 더 날 테고, 내가 운다고 치료 계획이 바뀌지도 않을 텐데.

4차 이식 후에는 피검사날이 추석 연휴라서 채혈실이 아니라 365일 24시간 열려 있는 산부인과 분만실에서 피를 뽑아야 했다. 아침에 이미 임신테스트기를 해서 한 줄이 뜬 걸 봤는데 다른 데도 아니고 분만실에 가자니 마음이 여러 갈래로 찢어졌다. 무엇보다도 마음속에 미래에 대한 의구심이 가득했다. 나도 언젠가 이 분만실이란 데를, 저 여자들처럼 애 낳으러 오게 될까.

그렇게 침상 커튼 뒤에 배부른 임신부들이 누워 있는 분만실 한가운데서 피를 뽑고, 몇 시간 후 친정에서 점심을 먹다가 전화를 받았다. 네번째라 그런지, 엄마가 옆에 있어서 티를 안 내려고 해서 그런지, 가장 건조하게 받았던 전화였다. 연휴에 그런 전화를 받아야 하는 나도 나지만, 그런 전화를 해야 하는 간호사도 참… 남 걱정할 처지는 아니지만 "선생님도 명절에 참 고생이시네요" 하고 오지랖을 부리며 전화를 끊었다. 임신이었다면 최고의 추석 선물이 됐겠지만, 그러질 못해서 대신 술이랑 기름진 음식을 맘껏 먹었던 그해 추석.

　임신테스트기를 먼저 해두면 마음의 준비를 할 수 있어서 좋지만 비임신이라는 걸 아는 순간부터 아주 묘한 희망고문을 당해야 한다. 임신테스트기는 비임신이라고 해도, 피검사날까지 먹어야 하는 약과 맞아야 하는 주사가 남아 있기 때문이다. 며칠 동안 판세(?)가 역전될 수도 있으니 약과 주사를 유지하는 사람도, 과감하게 그만두는 사람도 있다. 나는 매번 유지하는 쪽을 택했는데, 무언가를 '꾸역꾸역' 한다는 게 뭔지 이때 잘 알게 됐다. 끝까지 미련을 못 버리고 기어이 약을 먹고 주사를 맞으면서 처방받은 약과 주사를 끝장내고야 마는 내 모습이 구질구질하게 느껴지기도 했다.

　헤어진 연인 바짓가랑이 잡듯이 약과 주사를 유지하고 나면 '어차피 임신도 아닌데 피검사 때문에 병원에 가야 하나'라는 딜레마에 빠진다. 헌혈은 가치라도 있는 일이지, 또 영점이라는 소리를 들으려고 내 아까운 피를 뽑아야 하다니. 그냥 출근하고 싶은데 굳이 병원에 들러야 하다니 귀찮고, 피검사 비용 3만 원도 아깝기만 했다.

　그래서 병원에선 오전중에 피검사를 하라고 권하는데 차수가 쌓일수록 피검사를 더더욱 늦게 갔다. 급기야 어느 날엔 늘 의연해 보였던 의사 선생님도 피검사 결과 기다리기가 힘들다며 고충을 토로했다. "환자분들은 집에서 해보고 결과를 미리 아시니까 병원 오기 싫은 마음은 이해가 가요. 하지만 저는 또 저 나름대로 아침마다 오늘 피검사 있는 환자들 명단 보고 목 빠지게 검사 결과가 올라오기를 기다린답니다."

그 와중에 정말 딱 한 번, 아침 일찍 졸린 눈을 비벼가며 부지런히 채혈실로 달려간 적이 있다. 5차 이식 후 피검사 전날 아침, 2년 9개월 만에 처음으로 임신테스트기에 흐릿하게 두 줄이 떴다!

'내가 산 임테기만 불량이 아니었어. 이렇게 흐려도 검사선이라는 게 뜨기는 뜨는 거였어.'

내 눈에만 보이는 두 줄이 아님을 인정받기 위해 동생에게도 사진을 보냈는데, 동생도 두 줄이 보인다고 했다. 그날 밤 남편 옆에 누워서 "진짜 임신이 된 거겠지? 내일 아침에 테스트기 해보면 진해져 있겠지?" 속닥속닥했다. 가만히 있어도 웃음이 샐샐 나왔다. 그때까지 쓴 시술 비용이 여덟 자리를 넘어가던 무렵이었는데, 그동안 쓴 돈 생각도 깨끗이 휘발됐다. 매달 쑥쑥 빠져나가서 부담스럽다가 여덟 자리를 넘긴 그 비용이 1원도 아깝지 않고 천 원처럼 가볍게 느껴지는 마법을 그날 밤 보았다.

그다음날 아침, 흐릿했던 검사선이 감쪽같이 사라졌다. 의심의 여지없는, 재론의 여지없는, 한 줄. 검사선 없이 대조선만 굵게 떠 있었다.

하룻밤의 꿈이었나… 내가 너무 안돼 보여서 두 줄이 뜨는 게 가능은 하다고 신이 나를 잠시 위로, 아니 갖고 놀았나? 구름 위를 둥둥 걷다가 갑자기 구름에 뻥, 하고 구멍이 뚫려서 현실의 땅바닥으로 쿵, 하고 떨어졌다.

너무 이상해서 (사실 이런 일이 흔하다는 걸 인터넷에서 봐서 머리로 알고는 있었으나 내 일이 됐다고는 인정하고 싶지 않아서 일말의 희망을 붙잡기 위해) 아침 일찍 병원에 달려가서 기꺼이 피를 뽑고 전화를 기다렸다. 결과는 임신 수치 2.

영점보다는 나은데, 아니 이 한 자리 수치가 과연 낫다고 말할 수 있나. '아니야, 그래도 영점보다는 낫겠지… 울어야 하나 웃어야 하나.'

5차에 수치 2를 본 후에는 6, 7차 모두 흐릿하게 검사선이 떴다가 한나절이나 하루 후에 사라지는 일이 반복됐다. 이쯤 되자 인내심에 한계가 와서 피검사를 하자마자 클리닉에 전화부터 했다. 결과는 비임신일 거다, 다음달은 쉴 테니까 한 달치 호르몬 약을 처방해달라, 혹은 직장에서 전화받기 싫고 다음달에 생리 시작하면 알아서 갈 테니까 수치만 문자로 알려달라.

그렇게 5차부터 7차까지, 검사선이 세 번을 요술처럼 나타났다 사라졌다. 그 과정에서 받은 가장 높은 수치는 7이었다. 럭키 세븐입니까…?

6차와 7차엔 약 종류는 세 가지, 주사는 다섯 가지를 썼는데도 끝끝내 고집스럽게 한 자리 수치만 나오자 자연스럽게 이런 생각

129

이 들었다.

'내 몸은 아기를 품을 수 없는 몹쓸 몸인가?' '배아는 늘 좋다고
하는데, 이렇게 좋은 배아도 내 몸에만 들어오면 왜 맥을 못 추고
흘러내릴까?'

답도 없는 질문들. 의사도 답해줄 수 없는 질문들. 가슴을 터뜨
릴 것처럼 내 안에 가득차 사라지지 않던 질문들. 피검사가 끝나
고, 매번 똑같이 이 질문들이 남고, 다음 차수 전까지 감정 및 정신
상태 관리를 해야만 했다.

주사와 약으로
일상이 채워지고

나는 두 번의 과배란과 여덟 번의 이식을 거쳐 임신에 성공했다. 첫번째 이식 때는 약 하나로 시작해서 6차와 7차 이식 때 주사 다섯 가지, 약 세 가지를 썼다. 4차 이식 때까지는 몸에 큰 무리를 주지 않고 기본적인 처방으로 해결하려다가 반복착상실패검사 후 처방이 공격적으로 변했다. 그러다가 묘하게도 8차 이식 때 아무 주사도 처방받지 않고 자연 주기 이식으로 성공했다.

약과 주사 종류가 많아지면 약을 먹고 주사를 놓아야 하는 횟수가 제각각이기 때문에 헷갈릴 수 있다. 그래서 약을 받아오면 우선 약봉지에 달력을 그려서 하루하루 먹을 때마다 날짜를 지우거나, 약이 담긴 투명 캡슐에 하나씩 복용 날짜를 써놓았다. 주사도 마찬가지였다. 주사 상자에 날짜를 하나씩 써뒀다. 나처럼 방금 뭔가를 해놓고도 까먹거나 덤벙거리는 사람이라면 약 복용 시간과 주사 맞는 시간도 알람을 맞춰놓는 편이 낫다. 한 시간 전에 약을 먹고도 내가 이 약을 먹었는지 안 먹었는지 헷갈릴 수도 있다.

처음으로 나를 충격으로 몰아넣은 약은 유트로게스탄이라는 프로게스테론제였다. 이 약은 질정제, 그러니까 먹는 약이 아니라 질에 넣어야 하는 약이다. 착상을 도와주기 위해서 이식하는 그날부터 하루에 두 번 혹은 세 번 두 알씩 넣어야 했다. 질정제를 잘 넣을 수 있게 기구를 같이 주는 약국도 있지만 기구가 없더라도 손을 깨끗이 씻고 넣어도 된다.

넣고 30분 정도는 누워 있어야 약이 빠져나오지 않고 흡수가 잘 된대서 자기 전에 넣거나 아침에 좀 일찍 일어나서 약을 넣고 가만히 누워 있었다. 넣고 쉬지 않고 돌아다니다가 캡슐 하나가 빠져나온 적도 있다. 이식 후 기본적으로 처방되는 약이기 때문에 가장 오래 함께했다. 시술 중반 정도까지 처방받다가 문득 이 약이 내 몸에 얼마나 많이 들어가는 걸까 궁금해서 남은 약 포장 용기를 모으기 시작했다. 나중에 보니 봉우리를 만들 정도로 쌓였다. 임신된 후에도 배아 착상을 위해 임신 9주까지 이 약을 넣었다. 똑같은 약인데도 임신이 된 후에는 '배아들아, 이 약을 쭉쭉 흡수해서 찰떡같이 달라붙어라!' 하며 신나게 넣었다.

유트로게스탄이 가장 많이 처방된 질정제라면, 가장 많이 먹은 약은 프로기노바였다. 이 약은 냉동 이식에 처방되는 기본 중의 기본인 약이다. 냉동 배아를 이식하기 위해 자연 배란을 아예 억제시키고 배아가 잘 착상될 수 있도록 내막을 폭신폭신하게 키워준다. 배란 억제를 위해 생리 시작 2~3일째부터 쭉 먹었다.

약을 받자마자 설명서에서 부작용 부분을 찾아봤다. 체중 증가 혹은 감소, 두통, 복통, 구역질, 가려움증 등이 적혀 있길래 이중에 꼭 하나가 걸려야 한다면 체중 증가가 그나마 저체중인 내가 가장 견딜 만하겠구나 했다. 감사하게도(?) 딱 그 부작용만 나타났다. 호르몬제라서 그런지 장기간 복용하니까 뱃살만 집중적으로 두툼해졌다. 이게 나잇살인지 약 때문에 찐 살인지 사실 구분이 안 됐지만, 그냥 내 맘대로 이건 호르몬제 때문이라고 핑계를 댔다. 의사 선생님께서는 뱃살만 찌는 건 약 때문이 아니라고 하셨지만.

'이 약을 시험관 시술할 때는 이렇게 쓰는구나' 하고 신기했던 건 아스피린이었다. 두통도 없는데 아스피린을 왜 먹으라고 하지 궁금해서 찾아보니 아스피린이 혈액순환을 도와줘서 자궁 혈류가 잘 돌게 하는 효과가 있다고 한다. 생리 2~3일째부터 하루에 한 알씩 먹으라는 처방을 받았다.

'이런 주사도 맞는구나' 신기했던 주사는 리피션이었다. 리피션은 그냥 영양제라고 한다. 찾아보면 정제대두유 주사라고 하는데, 대두유가 콩기름이라서 일명 콩 주사라고 한다. 주사실 간호사도 이때는 "영양제 맞으러 오셨네요"라며 가벼운 환자로 대해줬다. 불투명한 흰색 액체인데 좀 찐득한 질감이라 빨리 맞으면 혈관통이 온다. 다 맞는 데 두 시간 정도 걸려서 음악을 듣거나 전자책을 다운받아서 읽으며 시간을 보내곤 했다.

리피션과 아스피린의 조합은 4차 이식부터 7차 이식까지 유지됐다. 나중엔 이 약을 받으면 '또 만났구나. 익숙한 아이들아' 하며 씁쓸하면서도 반가운 심정이었다.

4차 이식까지 영점대로 끝나자 의사가 반복착상실패검사를 해보겠다고 했다. 피를 일곱 통 정도 뽑아가서 다양한 검사를 해봤더니 내 경우 면역세포가 활성화되어 있어서 태아를 이물질로 인식하고 공격할 수도 있다는 결과가 나왔다. 너무 건강해서 면역력이 좋아도 문제라니. 기분이 이상했다. 나중에 찾아보니 나의 면역세포 수치는 평균보다 살짝 높은 수치라서 병원에 따라서는 아무 처방도 안 하기도 하던데, 다섯번째 이식을 진행하면서 그전이랑 똑같은 처방으로 운좋게 착상되기만을 기다릴 수는 없었다.

그래서 5차 이식에는 면역세포 수치를 낮춰주는 리브감마라는 주사를 맞았다. 암 치료를 할 때는 암세포를 잡아먹는 면역세포인

NK세포 수치를 높이려고 안달이라는데, 도리어 이 수치를 좀 낮춰야 했다. 이식 5일 전에 맞았는데, 키와 몸무게에 따라서 처방되는 주사량이 다르다. 나는 여덟 병을 맞았고 그날 주사비만 80만 원 넘게 적힌 경이로운 계산서를 받아들었다. 5차부터 7차까지 세 번을 맞았으니 매번 80만 원씩 세 번, 이 주사만 240만 원이 들었다. 금전적으로 가장 부담되는 주사였다.

리브감마 주사는 들어가서 병이 비어가면 그 자리에 뽀글뽀글 거품이 생긴다. 병이 거품으로 가득차면 약이 다 들어갔다면서 병을 빼내는데, 간호사에게 "그거 한 병에 10만 원은 되는 것 같은데 그 거품도 비쌀 것 같아요. 끝까지 넣을 수는 없나요"라고 호소하고 싶어진다. 신기하게도 병원을 바꾸고 다시 피검사를 했더니 면역세포 수치가 평균 범위로 떨어져서 2차 과배란 후에는 이 주사를 맞지 않았다. 허공으로 날아간 내 240만 원. 임신된 후에 임신 유지를 위해 맞기도 한단다.

가장 마지막에 처방된 주사는 크렉산이었다. 사실 리브감마까지 처방되는 걸 보고 '의학적으로 더 할 수 있는 게 있나. 이번 차수에도 안 되면… 아니야, 불길한 생각은 말자. 잘되겠지' 하면서 스스로를 다독였다. 그러나 그것은 전문 지식이 없는 선무당이 사람 잡는 나의 착각이었고, 도대체 어떤 주사를 더 맞을 수 있겠나 싶은 순간에 6차 이식을 받으며 진정한 최대치의 처방이 나왔다.

크렉산은 자궁 내막으로 가는 혈류 공급이 원활해지도록 돕는 주사라는데 이쯤 되니 착상에 도움이 된다면 수단과 방법을 다 끌어다 써보겠다는 의사의 결연한 의지가 느껴졌다. 이식 5일 전부터 시작해서 피검사날까지 14일 정도 맞았다. 원래 아프기로 유명한 주사이고 나도 이 주사가 시험관 하면서 맞은 주사 중 가장 아팠다. 처방되는 주사는 대개 두 종류인데 정맥 주사는 주사실에 가서 주사 맞고 기다리는 시간이 길어 피곤하고 지치긴 했지만 주사 자체는 아프지는 않았다. 간호사 앞에서 인간으로서 최소한 품위를 지킬 수 있었다. 배 주사는 챙겨 맞기가 번거로운 정도였다.

그러나 자가 배 주사인 크렉산은… 맞자마자 배에 약이 싸하게 퍼져가면서 5분 정도 아무것도 할 수가 없었다. 너무 아파서 욕이 나왔다… 그래서 이 주사를 맞을 때는, 알코올 솜과 주사를 침대 옆으로 가져와서 난 침대에 앉고 남편은 바닥에 무릎 꿇고서 주사를 놨다. 주사약이 다 들어가면 침대로 기어들어가 통증이 가라앉을 때까지 5분 동안 심호흡을 하든 비명을 지르든 누워서 이리저리 자세를 바꿔보든 욕을 하든 다양한 방법으로 통증을 이겨내려고 했다. 솔직히 아기 입장에서는 태어나겠다고 선택한 것도 아니고, 내가 아기 갖겠다고 선택한 시술이면서도 태어나지도 않은 애한테 "진짜 이렇게까지 하는데도 안 생기냐?!" 하고 시비를 걸게 되는 주사였다.

이 주사는 멍들기가 쉽다고 해서 천천히 놨다. 실제로 간호사가 병원에서 신속하게 놔줬을 땐 살짝 멍이 들었는데 집에서 나의 소중한 몸을 위해 천천히, 아주 처어언천히 놓으니 멍이 들지 않았다. 다만 딱 한 번 좀 끼는 청바지를 입었더니 그날 바로 멍이 생겨서 그다음부터는 조금이라도 배를 조이는 옷은 입지 않았다.

마지막에는 급기야 이식 당일에 정맥 주사를 맞았다. 이식하는 날 일찍 오라길래 갔더니 이식 전에 트랙토실을 달아줬다. 이젠 이식 당일에도 주사를 맞다니 의사 선생님이 작정을 하셨구나 혼자 생각만 했는데, 아니나다를까 의사가 꼭 졸업시키고 싶어하는 환자 중 하나라고 간호사가 격려를 해줬다. 주사약이 들어가자 심장이 빨리 뛰고 정신이 살짝 혼미해졌는데, 전형적인 부작용 증상이라고 한다.

찾아보니 트랙토실은 드물게 자궁이 수축되면서 배아를 밀어내는 경우가 있어서 처방된다고 한다. 배아 이식 후 자궁 수축이 생기더라도 정말 예민한 사람이 아니고는 느끼기 힘들다고 한다. 나도 느껴보지 못해서 의사에게 이런 증상이 있다고 말한 적도 없다. 그런데도 트랙토실을 처방한 걸 보니 의사 입장에서는 모든 경우의 수에 대비해서 모든 방법을 시도해본 것 같다.

이렇게 총 7차 이식까지 실패로 돌아갔고, 결국 병원을 바꿨다. 새로운 병원에서는 신선 이식을 건너뛰고 냉동 이식을 했다. 자연

주기로 해서 갑자기 다섯 가지 주사와 두 가지 약이 사라졌다. 이식하고 유트로게스탄 질정제만 처방받고는 야호를 외쳤더랬다.

그리고 이 차수에 임신에 성공했다.

착상은 신의 영역이라고들 한다. 첫번째 병원에서도 착상에 영향을 주는 요인은 무궁무진한데 아직 의학적으로 밝혀지지 않은 부분이 많다고 들었다. 이 많은 약과 주사들을 내 몸에 때려 부으면서, 그 신의 영역에 다가가기 위해서 가능한 모든 의술을 다 끌어다 썼다. 하지만 아기가 오는지 마는지 최종 결정은 나나 의사의 몫이 아니었다.

나는 천주교 신자라서 인간의 의술이 못다 한 부분의 마지막 열쇠는 하느님이 쥐고 있다고 믿었다. 다른 누군가에겐 언제 올지를 자기가 정하는 아기님의 야무진 의지가 그 마지막 열쇠일 수도 있다. 또 누군가에겐 보이지 않는 신도, 아직 생기지 않은 아기도 아닌, 그저 묵묵히 기다리다보면 찾아오는 삶의 우연한 순간일 수도 있다. 유물론자나 무신론자라면 이도 저도 아닌, 그저 자궁과 배아가 합이 딱 맞아서 임신이 되는 '좋은 때'일 수도 있다.

보통 누군가를 기다린다고 하면 친구, 애인, 부모 등 자기가 아는 존재를 기다리는 상황을 말한다. 그런데 우리는 얼굴도 이름도 알지 못하는 존재를 기다렸다. 미래에 언젠가 찾아올 (거라고 믿고 싶은) 아기. 기다리는 대상은 추상적이기 그지없었지만, 기다리는 과정은 너무나 구체적이었다. 24시간의 일상이 몇 시간을 간격으로 챙겨야 하는 주사와 약으로 촘촘히 채워졌고, 한 달에 한 번씩 속절없이 치료비가 뭉텅뭉텅 통장을 빠져나갔다.

이 과정에 얻은 교훈(?)은, 태어나기 전부터 자식은 부모 마음 대로 안 된다는 것이었다. 실제로도 남편에게 농담 반 진담 반으로 그렇게 말했다. 이 아기들은 생기기 전부터 자식은 내 맘대로 안 된다는 인생의 중요한 진리를 뼈저리게, 아주 뼈아프게 알려주는 걸 넘어서 내 몸으로 직접 겪게 해줬다고.

친정엄마가 이런 말을 한 적이 있다. "자식은 행복이지. 그 행복은 다 표현이 안 돼. 근데 그 행복한 만큼 너무 사랑해서 딸려오는 고통은… 말을 말자." 그리고 실제로 문장을 끝맺지 않고 말을 말아버리셨다. 어머니, 저희 자매가 대체 어떤 고통을 드렸기에…

아기들이 태어나서 육아를 하고 성인으로 키워내다보면 더 내 마음대로 안 되는 복장 터지는 순간들이 찾아오겠지. 그렇기에 더욱더 스스로에게 말해주고 싶다. 앞으로 찾아올 그런 순간에, 태초에 이 아이들이 생기기 전부터 내 마음대로 되지 않았던 시절을 기억할 수 있길. 남편과 날마다 배에 주사를 꽂고, 근무 시간을 요리조리 피해서 몇 시간씩 정맥 주사를 맞고, 날마다 알람 맞춰서 약을 챙겨 먹으면서 아기들을 기다렸던 시절을 기억할 수 있기를.

여보,
소리를 내서 울어봐

앞서 이야기했듯이, 4차 이식까지 영점을 받고 반복착상실패검사를 진행했다. 이 검사 결과에 따라 5차 이식 때 주사 처방이 많이 들어갔고, 그래서 내심 기대를 많이 했나보다. '이번엔 되겠지…' 내 마음을 누가 알아줬는지 5차 때 처음으로 임테기에 검사선이 흐릿하게나마 두 줄로 떴다. 그 검사선이 하룻밤 만에 사라지는 신기루를 체험하고, 피검사 결과로 비임신이 확정됐다. 원래 피검사날 진료도 없고 의사와 전화 상담도 없는 병원이었는데, 그날 간호사가 말했다. 의사가 조금 전에 내 결과를 듣고 수술 들어갔는데, 수술 끝나면 전화할 거라고.

의사 울었어요?

나 곧 출근해야 돼서 못 울었어요. 허헛.

의사 난 울고 싶은데.

난 거기서 터져버렸다. 씩씩하고 쓸데없는 말은 안 하는 스타일의 선생님이라 2년 넘게 진료 보면서 한 번도 다정한 말을 건넨 적이 없었다. 나도 속내를 의사한테 털어놓지 않았다. 대기자가 늘 많은데 하소연까지 할 시간적 여유도 없었고 무엇보다 선생님은 내 산부인과 의사지 정신과 의사가 아니지 않은가. 그랬는데 의사가 먼저 울고 싶다니.

의사 미안해요. 내 기도가 부족했나봐요.

나 …(우느라 대답 못함)

의사 그래도 처음으로 수치 봤으니까 더 해보면 잘될 거예요.

나 …(계속 울고 있음)

의사 우선 맛있는 거 많이 먹고 푹 쉬다가 다시 병원 와요.

인사도 못하고 통화를 끝냈다. 그날, 쌓아둔 둑이 갑자기 터져버리듯이 지난 5차간 눌러왔던 감정이 폭발했다. 그제야 알았다. 그때까지 반년 동안은 그럭저럭 스트레스를 조절할 수 있었지만 이제 그 수준을 넘어섰다는 걸. 혹은 그동안 힘들면서도 안 힘든 척 자신을 속여왔다는 걸. 실패할 때마다 신랑이랑 가까운 데든 먼 데든 여행도 떠나고, 혼자 운동도 하고, 친구들도 가끔 만나고, 조카랑 놀기도 했다. 갖가지 방법으로 분노와 슬픔을 달래봤고, 그 방법이 꽤 효과적이었다. 그래서인지 괴롭지만 이 정도면 견딜 만하다고 느꼈다. 그런데, 5차까지 실패한 후에는 인정해야 했다.

전혀 견딜 만하지 않다. 난 지금 안 괜찮다.

그래서, 깨끗이 인정했다. 그때까지는 괴로워하는 나와 그런 나를 달래주는 나를 분리시킬 수 있었다. 스스로와 거리 유지가 되니 힘든 상황에서 자조적인 유머라도 구사할 여유가 있었다. 그런데, 스스로를 위로하는 자아가 못 해먹겠다고 슬퍼하는 자아의 등에 업혀버려 그 둘이 한덩어리로 엉켜서 슬픔이 걷잡을 수 없이 불어나 내면에서 난장이 벌어졌다. 일단 잡아놨던 약속을 다 취소하고, 사람 만날 약속을 아예 안 잡았다. 그때가 11월이었는데 송년모임도 거의 다 빠지고 남편과 동생네 가족 정도만 보고 지냈다.

식사를 하다가도, 옷을 입다가도, 밥을 먹다가도, 양치질을 하다가도 눈물이 흘렀다. 울면 눈이 심하게 붓는 스타일이라서 그즈음엔 늘 냉동실에 숟가락 두 개를 넣어두고 출근 전에 눈두덩을 가라앉혔다.

4차 이식까지는 신랑에게 감정을 너무 날것으로 드러내지 않으려고 했고, 그럴 수 있었다. 둘이 맛있는 걸 먹거나 아름다운 경치를 보거나 오래오래 걸으면서 시시껄렁한 대화를 나누면 날짐승처럼 튀어나오려던 감정이 잠잠해졌다. 그런데 5차 실패를 하자 그동안 잘 묻어뒀다고 생각했던 부정적인 감정이 부활한 좀비처럼 다 들고일어났다. 단체로 아우성을 치는 감정들의 신호는 딱 하나, 나를 봐달라! 그래서 하루중에 언제라도 내 안의 날짐승이 깨어나면 그냥 막 남편에게 카톡을 보냈다.

"가슴에 돌이 얹힌 것 같아. 소화가 안 돼."

"아무것도 안 하고 잠만 자고 싶다."

"여보 내가 미친 사람 같아? 난 내가 미친 사람 같아."

"모든 걸 다 멈추고 싶어. 눈물만 나."

"턱끝까지 뭐가 차 있는 것 같아."

"초음파 의자에 누워 있는 거 거지 같아. 스스로는 아무것도 못 하고."

"여보한테 걱정거리만 되는 것도 싫어."

"수술 자국 흉터 난 것도 싫어. 징그럽게 튀어나왔어."

그렇게 며칠을 보내던 중 자려고 누웠는데 또 눈물이 흘렀다. 그냥 줄줄 흐르게 됐는데 남편이 어둠 속에서 아무 생각 없이 내 얼굴을 만졌다가 축축한 걸 느끼고는 물었다.

"울어? 여보는 울면 꼭 소리 안 내고 삼키더라. 그렇게 자꾸 참으면서 울지 말고 소리 내서 울어봐."

　남편은, 자기도 모르고 나도 모르던 지뢰가 묻힌 곳을 정확히 눌러버렸다. 난 내가 울 때 그렇게 우는지 몰랐다. 그래서 남편 말을 듣고 "으허어엉" 하며 소리를 한번 내봤다. 속이 좀 시원해졌다.

　그래서 막 소리를 내면서 통곡을 했다. 그리고 마음속에 담아뒀던 말을 막 터뜨렸는데, 뭐라고 주절댔는지 기억이 잘 안 난다. 아무도 내 마음을 모른다고 난리친 것만 기억이 난다. 친구들도 내 마음을 모르고, 동생도 애가 있으니 내 마음을 모를 거라고 소리치면서 울었다.

　처음엔 잘한다고, 속에 있는 말 다 하라고 위로해주던 남편이 나를 안고 갑자기 눈물을 흘리면서 호소했다.

　"제발 우리 둘이 살면 안 돼? 병원 그만 다니고 애 없이 살자. 우리 둘만 사는 게 이렇게 괴로워?"

　그렇게 둘이 부둥켜안고 통곡한 그날 밤이, 난임 기간 중 감정 곡선이 가장 밑바닥을 친 순간이었다. 그날 밤 이후로 내 안의 날짐승은 고요해졌다. 내가 감정 조절을 잘하게 돼서, 즉 근본적인 문제가 해결돼서 그런 게 아니었다. 그 짐승도 기진맥진해서 포기한 거였다. 바닥을 치면 올라가는 일만 남는다지만, 바닥을 치고 올라갈 힘이 다 빠졌다면? 바닥을 기는 수밖에. 더 내려갈 데도 없지만 튀어오를 동력도 없다면 바닥에 붙은 지렁이처럼, 감정의 편편한 직선만 계속된다.

5차 이식 후에도 임신이 되기까지 9개월 정도 더 걸렸다. 그 9개월이 바닥을 기는 시간이었다. 흔히들 말하는 난임의 터널, 언제 끝날지 당최 알 수가 없어서 갑갑한 시간. '이렇게 지내다가 우울증에 걸리는 걸까?' 싶었는데, 남편도 같은 생각이었는지 아는 심리상담사 수녀님께 가보자고 제안을 했다. 천주교는 공식적으로 시험관 시술에 반대한다. 나는 그분께 상담받으러 갔다가 이중으로 상처를 받을까봐 두려워서 싫다고 했다. 상담을 받는다면 종교적 색채가 없는 전문가가 나을 듯해 정신과 상담을 받아본 친구에게 의사를 소개받을 생각도 했다.

그러나 결국 아무데도 가지 않았다. 우울증은 마음의 감기라는 말, 정신적으로 힘들면 전문 의료진에게 도움을 받는 게 전혀 나쁜 일이 아니라는 말, 많이 들어서 머리로는 이해했지만 실제로 해보려니 잘 안 됐다. 그리고 무엇보다 임신 가능성은 한 달에 한 번씩 찾아오는 것이고, 이 터널은 임신이 되면 끝난다는 (헛된) 희망이 너무 가까이 있었다. 손닿을 듯 말 듯 한 곳에서 희망이 늘 그 깃발을 팔락였지만 있는 힘껏 팔을 뻗어보면 깃발은 나비 날개가 되어 날아가버렸다. 정신과 상담은 지금이라도 병원에 전화를 걸면 내일이라도 받을 수 있지만 임신이 될지 말지는 다음달까지 기다려야 하는 희망 고문의 영역인데, 계속 그 희망에 배신의 연타를 맞으면서도 어찌 보면 미련하게, 혼자 해결해보려고 끙끙댔다.

지금도 종종 그때 정신과 상담을 받았으면 어땠을지 궁금하다. 전문가가 봤을 때 어떤 처치가 필요한 상황이었는지, 제때 치료를 받았으면 그후의 시간을 견디기 수월했을지, 별 효과가 없었을지도 궁금하다. 정신과까지는 아니더라도 심리 상담이라도 받았으면 도움이 됐을지도 모른다.

정신과 치료나 심리 상담에 이렇게 미련이 남은 것은, 돈을 지불하고 전문가와 해결했어야 하는 짐을 남편이 다 짊어졌다고 생각해서다. 5차 이식 후, 남편에 대한 정신적 의존도가 높아졌다. 나도 예전엔 분명히 신랑에게 쓸모가 있고 도움이 되는 아내였다. 잘 웃고 밝은 아내가 되려고 노력했고 신랑이 바깥세상에서 치이고 돌아오면 하소연도 잘 들어줬다. 그런데 이제 신랑이 바깥세상에서 돌아와 내 얘기만 들어주길 원하는 우중충한 아내가 돼버렸다. 나의 이런 모습을 처음 본 남편은 그해 겨울 무슨 일이라도 생길까봐 전전긍긍했다.

임신을 시도하기 전 평온했던 시절에는 '우리 신랑은 언제 들어오나' 정도의 마음으로 남편의 퇴근을 기다렸다면 이때는 '부글부글, 부들부들, 남편아 얼른 들어와. 가슴이 터지기 직전이다' 이런 기분이었달까.

눈물이 많아지면서, 우리의 일상은 산뜻함과는 거리가 멀어지고 너덜너덜해졌다. 시답잖은 걸로 낄낄대던 식탁에 우울함이 자주 내려앉았고, 남편을 부여잡고 우느라 남편 티셔츠가 자주 젖고 티슈가 금방 동났다. 그해 겨울을 어떻게든 견뎠던 건, 정신 못 차리고 있는 나를 향한 남편의 반응 덕분이었다. 그는 단 한 번도 그만 좀 울라고 핀잔을 준다거나 해결책을 찾아보자며 다그치지 않았다. 일찍 퇴근하는 날이면 꼭 집으로 달려와서 맛있는 저녁을 차려주고 주말이면 평일에 같이 못한 만큼 함께 시간을 보내며 이야기하려고 했다.

결혼 전 시할머니가 계신 요양원에 같이 간 적이 있다. 치매로 손자 이름도 기억 못하시는 백발의 할머니에게 신랑은 따뜻하게 말도 걸어드리고, 할머니가 노래 부르시면 박수도 쳐드리면서 면회 시간을 재밌게 보냈다. 두 사람 사이에 따뜻하고 몽글몽글한 공기가 피어나는 듯했던 분위기가 아직도 생생하다. 그 모습에 '아, 이 사람은 자기가 사랑하는 사람이 병들어도 다정함을 잃지 않는구나' 싶었다.

까맣게 잊고 지냈던 짧은 면회 장면이 떠오른 건, 남편이 내게도 그렇게 해줬기 때문일 것이다. 내가 가장 약해졌을 때 다정함을 잃지 않은 사람. 남편은 종종 배아를 이식한 날이면 오늘은 아기를 처음 만난 좋은 날이라고, 임신에 실패한 피검사날이면 힘내라고 꽃을 한 송이씩 사오곤 했다. 그해 겨울과 같은 파고가 신랑에게는 오지 않으면 좋겠지만 삶은 언제나 예측 불가하니까, 언젠가 그가 약해질 때 나도 한결같이 다정할 수 있기를. 꽃 한 송이 건네는 마음을 잃지 않기를.

2막

시험관과 직장을
병행할 수 있을까

맞벌이부부가 늘어나 많은 여성들이 직장을 다니면서 시험관 시술을 한다. 그리고 여러 번 해도 안 되면 한 번쯤 자문하게 된다.

"병원과 직장을 병행해도 되는 걸까?"

인터넷 난임 카페 게시판에 심심치 않게 올라오는 질문이기도 하다. 나도 5차가 넘어가자 심각하게 고민을 했고, 그 고민의 불씨가 꺼지지 않고 끈질기게 타던 중에 임신이 됐다. 결과적으로는 끝까지 직장을 다닌 셈이 됐고, 잘했다고 생각한다. 그러나 이건 어디까지나 결과가 좋으니 하는 말이다. 나와는 반대로 회사를 그만두고 임신한 사람도 많으니까 그들은 또다른 결론을 도출할 것이다.

정시퇴근이 가능한지(정시퇴근이 가능해도 대부분의 병원은 회사처럼 여섯시에 문을 닫는다), 야근이 잦은지(야근이 건강을 해칠 정도인지 아닌지도 중요하다), 병원 진료를 위해 월차나 연차를 쓸 수 있는지(이 문제 때문에 직장 상사와 갈등을 빚거나 너무 눈치가 보여서 결국 사직하는 사람들도 많다), 직장 스트레스가 얼마나 심한지, 일에 대한 애착이 얼마나 강한지(일을 그만뒀을 때 우울함이 직장과 시술을 병행했을 때의 고충보다 크다면 그만둘 수 없다) 등 퇴직을 고려하는 데 영향을 끼치는 요인은 수없이 많다. 그러니 직장을 계속 다녀라, 혹은 직장보다 아기가 더 중요하니 그만두라고 쉽게 말할 수 없다.

우선 나는 전일 근무를 하지 않고 야근도 거의 없는 직종이라서 병행하는 데 유리하긴 했다. 그러나 일단 근무가 시작되면 반차나 월차를 내고 잠시라도 자리를 비울 수는 없었다. 한 시간이라도 자리를 비우면 대체 근무자가 반드시 필요했기 때문에 병원 진료 시간을 어떻게든 근무 시간과 겹치지 않게 해야만 했다.

내가 직장에 처음으로 배신감을 느낀 건 자궁근종 수술 날짜가 잡혔을 때였다. 3주 후쯤 수술하자고 결정이 나고 직장에 병가를 내겠다고 하자, 이미 그달에 근무 일정표를 다 짜놨으니 수술 날짜를 바꾸라고 했다. 잘못 들은 건가 내 귀를 의심하면서 "네? 네에? 네…" 어버버하며 똑 부러지게 대응하지 못하고 상사의 방에서 나왔다. 직장 동료들에게 말해봤더니, 수술을 미룬 선례가 많았다고 했다.

전투력도 없고 누군가와 부딪치는 걸 극도로 싫어하는 성격인 터라 나도 수술을 한 달 미뤘다. 의사한테 사정을 설명하니 의사가 "우와, 저희 병원보다 심한 직장이 있네요"라고 놀랐다. 근무 조건으로 대형 종합병원을 이기다니 웃어야 할지 울어야 할지. 그러나 수술을 한 달 미루고도 일주일 정도 근무 공백이 생겼는데, 직장에선 그 일주일도 일하고 가라고 했다. 하지만 근종 수술은 생리 주기에 맞춰서 날짜를 잡기 때문에 이러다가 수술이 또 다음달로 미뤄질 것 같아서 그것만큼은 필사적으로 방어하고 겨우 수술을 받았다.

그래서 근종 수술 후 1년이 지나 시험관 시술을 시작할 땐 처음부터 오후 근무로 근무 일정을 바꿔놓았다. 그때 다니던 병원은 거의 오전 진료만 봤기 때문이었다. 그렇게 근무 일정을 맞춰놓으니 여느 사무직 직장인보다는 훨씬 수월하게 병원에 다닐 수 있었다.

이렇게 직장 덕을 꽤나 보면서 시험관 시술중이었음에도 직장에 다시 한번 배신감을 느낀 일이 있었다. 예상 난자 채취일이 연휴 기간에 걸려서, 연휴 기간 중에 이식일 최종 결정을 하게 됐을 때였다. 그래서 이식일이 될 확률이 높은 날 이틀을 연휴 전에 병원에서 지정받아서, 대체 근무자를 배정해달라고 회사에 요청했다. 연휴중에 이식일이 확정되면 전화를 하겠다고 하자 안 된다는 대답이 돌아왔다.

사람들 다 쉬어야 하는 연휴에 누군가에게 대체 근무 확정 혹은 취소 전화를 할 수는 없다는 반응이 돌아왔다. 다른 사람의 휴식권을 빼앗고, 대체 근무를 부탁하는 게 민폐라서 미안했지만 연휴중에 나와서 대신 일해달라는 게 아니고, 대체 근무 배정 통보만 해달라는 거였는데 단칼에 안 된다고 할 줄이야. 수술은 미룰 수라도 있지, 이미 몸속에서 난포들이 무럭무럭 자라는 상황이라 미룰 수도 취소할 수도 없어 더 난감했다.

그동안 회사에서 나한테 대체 근무 좀 해달라고 요청했을 때는 군말 없이 거의 수락했기에 더 화가 났다. 뼈빠지게 일하다가 어쩔 수 없이 나도 대체 근무 요청을 해봤는데 이렇게 거절당하다니. 대체 이 일개미는 어디서 탈출구를 찾아야 한단 말인가?

고민하던 일개미는 직접 대체 근무 일정을 짜보기로 했다. 직장 내 친한 사람들 중 병원에서 지정해준 이식일 1안과 2안에 대체 근무가 가능한 사람을 추려내 일일이 전화를 해서 부탁했다. 감사하게도 여러 사람이 도와주겠다고 나서줘서 직접 한 땀 한 땀 바느질한 일정표를 여왕개미님, 아니 상사에게 제출했다.

"이분들이 해주시겠다고 하니, 날짜가 정해지면 이렇게 진행하겠습니다." 상사는 떨떠름해하며 종이를 받아들었다. (당시 내가 분노를 숨기지 못했는지, 상사가 나중에 내게 그때 미안했다고 해서 개인적인 섭섭함은 사라졌다.) 그렇게 대체 근무자 배정 문제로 골머리를 썩다가 과배란 진료를 갔더니 잘 자라던 난포의 성장 속도가 갑자기 느려졌다고 했다. 놀라운 인체의 신비. 스트레스 좀 받았다고 바로 반응이 나타나다니.

이에 과배란 두통 지옥 기간은 더 길어졌고, 채취일과 이식일이 모조리 뒤로 밀려서 채취도 연휴 기간에 못하게 되고, 이식일은 연휴 후 주말로 낙찰됐다. 채취일에는 휴가를 내지 않기로 했고 이식일에만 대체 근무자가 필요했던 터라 심혈을 기울여 작성한 대체 근무 일정표는 필요 없어졌다. 누구에게도 폐를 끼치지 않으면서 주말에 이식을 하니 내 몸도 편해져 모두에게 해피엔딩이었다.

하지만 그 일을 계기로 큰 조직에서 작은 퍼즐 조각 하나로 일하는 것, 내 노동력을 돈으로 바꾸는 것이 가끔 얼마나 사람을 초라하게 만드는지를 뼈저리게 느꼈다. 회사가 1000피스 퍼즐이라면 나는 몇 조각 정도 될까. 1000피스 퍼즐로 경복궁을 만든다고 치면, 기왓장 하나 정도일까? 기왓장은 생물이 아니니까 정해진 자리에 가만히 있어야지 스스로 자리를 옮겨달라고 하면 안 되는 거였다.

이렇게 생리 주기나 난포의 성장 속도와 근무 일정이 안 맞아서 문제가 생긴 적도 있지만, 병원 사정으로 갑작스럽게 발을 동동 구르게 되는 경우도 있었다. 어느 날 오전 진료를 받으러 갔는데 의사가 리브감마를 처음 처방하면서 지금 당장 맞고 가라고 했다. 인터넷을 통해 이 주사는 여러 병을 맞아야 해서 시간이 오래 걸린다는 정보를 접했던 터라 이따가 출근해야 되는데 내일 맞으면 안 되느냐니까 오늘 꼭 맞고 가라고 했다. 시간이 너무 아슬아슬했다. 그래서, 주사실까지 있는 힘껏 뛰었다. 주사실이 평소에 얼마나 북적이는지 알았기 때문에 대기번호 하나라도 먼저 받겠다고 출근용 정장을 곱게 차려입고 종합병원을 우당탕 가로질렀다. 출근하는 여성 우사인 볼트 탄생. 첫번째 병을 맞는 데 시간이 얼마나 걸리는지 재고 이걸 여덟 병 맞으면 과연 출근 시간을 맞출 수 있을 것인가 계산해본 뒤 간호사에게 죽어도 몇시엔 여길 떠나야 하니 주사약이 최대한 빨리 들어가게 해달라고 했다. 그리하여 딱 출근 시간 1분 전에 도착.

한번은 오후 진료가 걸려서 딱 한 시간만 자리를 비우겠다고 허락을 받아놨다. 그런데 진료 당일, 예약 몇 시간 전에 전화가 와서는 교수님 수술이 늦어지니 진료 시간 좀 미뤄달라는 게 아닌가. 그래서 결국 교수와 거의 마지막 순간에 접선해서 진료를 보고, 미친듯이 병원 주차장까지 달려가서 차로 직장까지 밟은 후, 회사 주차장에 차를 버려두다시피 하고 '이 구역의 미친년은 나야' 하듯이 머리를 휘날리며 책상으로 달려가서 복귀 시간을 맞췄다.

이렇게 자리 비우는 게 힘들고 티가 잘 나는 직종이다보니, 쓰러질 정도로 아프지 않은 이상 잘 다니던 직장을 갑자기 자주 빠지려면 소위 난밍아웃(난임 커밍아웃)을 초반에 할 수밖에 없었다. 자리 비울 때마다 거짓말을 꾸며댈 수도 없고, 언제 임신이 될지도 알 수가 없으니 그냥 처음부터 상사에게 시험관 시술 사실을 밝혔다. 오래 일하면서 친구 같아진 직장 동료들에게도 말했고, 같은 팀에서 일하는 팀원들에게도 공유해두니 가끔 자리를 비워야 할 때 구구절절 설명할 필요가 없어서 좋았다.

시험관 카페에는 직장에 난밍아웃을 했다가 온갖 꼰대질과 간섭에 시달린다는 사연들이 자주 올라온다. 몇 가지 사례를 소개해보겠다. 흔히 "마음 편하게 가지면 임신이 돼. 마음을 좀 놓고 편안히 지내봐"라고 하는데 이 말은 시험관 시술을 받는 사람들이 피토하면서 싫어하는 말 1위일 것이다. 마음만 편하게 먹는다고 임신이 된다면 난임인들이 병원까지 다닐 이유가 있겠는가. 누구보다도 마음을 편하게 갖고 싶은 건 시험관 시술을 받는 사람들이다.

"나는 뭐뭐뭐 해서 임신했어 너도 해봐"라는 부류도 있다. 내 몸에 뭘 해야 좋은지 최신 의학 정보는 당사자가 가장 많이 알고 있습니다만…

믿기지 않지만 면전에서 "누구 문제라서 병원 다니는 거야?"라고 묻는 사람도 인간계에 존재한다. 심지어는 무자식이 상팔자라면서 육아 및 교육 하소연을 하는 경우도 있다는데 난임 병원 다니는 사람에게 그러는 건 정말 아니지 않나 싶다.

임신이나 결혼 문제를 함부로 거론하는 건 실례라는, 점잖은 분위기가 전제된 회사라 저런 사람은 직접 만난 적이 없다. 딱 한 번,

타 부서와 회식하다가 무방비상태에서 정곡을 훅 찌르는 질문을 받고 얼얼해졌던 적은 있다. 유자녀 선배들의 육아 이야기를 옆에서 고개를 끄덕이면서 듣고 있었는데 너무 열심히 들었는지 다른 팀의 남자 선배가 고개를 갸웃거리면서 나에게 물었다.

"가을씨는 왜 아기 안 가져요?"

그 선배 전으로도 후로도, 아무도 나에게 그런 질문을 한 적이 없다. 시부모님도, 시가 식구들 그 누구도, 심지어 여든이 넘은 우리 할머니조차 하지 않은 질문을 회식 자리에서 받게 되다니. 그것도 고기가 맛있게 익어가던 찰나에, 고기맛 다 떨어지게…

뭐라고 대응도 하기 전에 내 상황을 알던 유자녀 여자 선배들이 갑자기 벌떼같이 일어나서 그 남자 선배에게 아우성을 쳐댔다.

"그게 왜 궁금해요?" "갑자기 그런 걸 왜 묻지? 좀 신선하네…" "어휴, 별걸 다 물어보시네요."

아무 생각 없이 질문했다가 다른 여자 선배들에게 집중포화를 받자 남자 선배는 어안이 벙벙해졌고, 나는 그 감사한 아우성에 묻어서 위기를 모면했다. 지금은 이렇게 상황을 묘사하고 있지만, 5차 이식 실패 후 밤마다 울던 암흑 같던 시절을 겨우 넘겼을 무렵이었다. 게다가 그날은 하필이면 6차 이식을 위한 첫 진료에서 아프기로 소문난 크렉산 주사 처방을 받아 앞으로 이 주사를 어떻게 맞지 하며 싱숭생숭했던 날이기도 했다.

무심코 던진 돌에 맞은 개구리가 된 셈인데, 물론 악의 없이 질문했다는 것 정도는 나도 알았다. 그러나 난임 기간 동안 내게 상처를 준 사람들 중에 악의로 그런 사람은 단 한 명도 없었다. 늘 상대는 무신경하고 나는 잔뜩 예민해져 있다는 게 문제였다.

이런저런 일을 겪으면서도, 회사를 그만둬야 하는 것 아니냐는 마음의 불씨가 절대 꺼지지 않았음에도, 결과적으로 나는 직장의 끈을 악착같이 놓지 않았다.

경력도 아기도
놓친다면

할 수 있는 의료적 방법은 다 써본 것 같은데 결과가 계속 좋지 않으니까, 쓸 수 있는 카드가 몇 개 남지 않았다는 생각이 자연스럽게 들었다. 그중 하나가 퇴사였다. 직장을 그만두고 마음 편하게 지내다보면 자연스럽게 아기가 오지 않을까⋯ 흔히들 말하는 희망이었다.

그럼에도 아직까진 일이 재미있고 보람된 순간이 있었기에 끝까지 직장을 놓지 못했다. 나는 아기를 기다리는, 의학적으로는 임신의 골든타임을 이미 넘긴 삼십대 후반의 여성이었고, 거기서 도망칠 수 없었지만 24시간 아기만 기다리면서 살 수는 없었다. 일을 하다보면 아기 생각을 잊을 수 있었고, 내가 사회적으로 쓸모가 있는 인간이라는 자기효능감을 느낄 수 있었다.

밤에 울다가도 그다음날 출근을 위해 아침밥도 억지로 욱여넣고, 샤워도 하고 화장도 하고 집밖으로 나갔다. 정말 나가기 싫고, 아무와도 말을 섞고 싶지 않다가도 대문을 열고 바깥바람을 쐬면 저절로 느끼는 게 있었다.

'아. 내가 출근이라도 해야 되니까 이렇게 밖으로 나왔구나.'

회사라도 다니니까 삼시 세끼를 먹고 하루에 한 번이라도 외출하는 일상의 리듬을 놓치지 않을 수 있었다. 일상의 리듬이 별것 아닌 것 같지만, 그 리듬을 놓치는 순간 우울의 늪에 더 쉽고, 더 깊게 빠진다. 특히 힘든 일이 생기면 한없이 내면으로 파고드는 성격상 회사에 안 다녔으면 며칠이고 하루종일 밥도 제대로 챙겨 먹지 않고 집에만 처박혀 있었을 게 뻔했다.

직장을 그만두고 전업주부로 이직했다고 가정했을 때, 나의 직업적 전망도 썩 밝아 보이지 않았다. 주변에 직장인 친구도 많지만 전업주부 친구도 있다. 직장 다니던 시절을 부정적으로 회상하고, 애 키우고 집 가꾸고 살림하는 일이 적성에 맞는다며 그 생활에 만족하는 좋은 예가 주변에 실재했다. 그런데 그건 그 친구 삶인 거고, 냉철하게 내가 전업주부에 맞는 인간이냐를 고찰하면 언제나 대답은 "아니오"였다.

'어차피 뱃속에 들어가면 다 잘게 분해될 음식에 왜 이리 공을

들이는가'라는 생각에 요리가 별로 재미없었다. 혼자 혹은 둘이 먹을 음식이라면 시간과 비용 대비 배달음식 주문하는 게 더 낫다고도 생각했다. 물론 누가 집밥 해주면 맛있게 감사하게 잘 먹는다. 요리 잘하는 사람들이 부럽기도 하다. 하지만 내가 하는 건 싫다.

빨래를 널거나 개킬 때는 '이 시간에 책이라도 한 자 더 읽거나 (그렇다고 시간 있을 때 진짜 책을 더 읽는 것도 아니면서) 운동을 10분이라도 더 하는 게 낫겠다'는 강렬한 회의감이 몰려왔다. 그나마 청소 정도는 이걸 왜 해야 하는지 의문이 들지 않았고, 설거지는 마니아 수준으로 좋아한다. 밥 먹고 그릇을 깨끗하게 씻으면 그렇게 뿌듯할 수가 없다.

이러나저러나 가사노동은 안 할 수 있으면 안 하고 싶었다. 이렇게 가사노동을 싫어하고 못하는데, 직장을 그만두고 육아도 하지 않는 전업주부가 된다면 가정 경제에 아무짝에도 쓸모없는 사람이 될 것만 같았다. 회사를 정말 때려치우고 싶을 땐 솔직히 나 자신을 속여서라도 '난 주부로도 잘살 수 있다!'는 내면의 대답을 얻고 싶었다. 그러나 집안일하는 꼴을 냉철하게 바라보면 차마 그럴수가 없었다.

경제적인 이유도 있었다. 나는 연봉이 낮은 편이라 나의 수입이 가정 경제에 기여하는 정도도 낮다. 그럼에도 내 월급으로 내 몸하나 간수하는 데 필요한 비용을 최소한이나마 해결하고 남편에게 의지하지 않는다는 느낌을 빼앗기기 싫었다. 일을 관둔대도 수입의 절반이 훅 날아갈 정도는 아니니까 상대적으로 퇴사 결정이 쉽다고 볼 수도 있겠지만, 뒤집어서 생각하면 이 한 줌의 모래와도 같은 연봉, 최후이자 최소한의 연봉까지 사라진다면 아쉽지 않겠느냐는 물음이 따라왔다.

그러다가 현실의 찬물을 한 바가지 쏟아준 책을 한 권 만났다. 『엄마가 아니어도 괜찮아』. 난임 여성의 삶, 기혼 무자녀 여성의 삶이 담긴 이 책에서 직장과 사직, 재취업에 대해 엿볼 수 있었다.

이 책에 따르면 시술받다가 퇴직하고 임신이 안 돼 다시 일하려고 면접을 보면 "임신은 언제 할 거냐, 임신되면 그만두는 거 아니냐"는 질문을 꼭 받는다고 한다. 게다가 연봉을 반으로 줄여도 재취업이 힘들다고 한다. 이 대목을 보고 '내 연봉에서 반을 줄이면 그걸 과연 수입이라고 부를 수 있을까?'라는 의문이 들었다. 카페나 편의점에서 아르바이트를 하겠다고 눈을 완전히 낮춰도 삼사십 대 여성은 갈 데가 없단다. 그런 알바를 구하는 점주들은 이십대를 선호하기 때문이란다. 최저임금을 가까스로 받는 알바 자리에도 끼어들 여지가 없다니.

무엇보다도 국가가 펼치는 경력 단절 여성을 위한 정책에 나 같은 여성을 위한 자리는 없다는 대목에 충격을 받았다. 임신, 육아, 출산으로 인한 경력 단절은 국가에서 인정하지만 난임 시술 때문에 퇴직했다가 다시 일하려는 여성을 위한 정책은 딱히 마련된 게 없다고 한다. 경력 단절 여성은 맞지만 정책을 집행하는 국가의 눈에는 보이지 않는, 투명인간과도 같은 존재가 되는 것이다.

이 책을 읽으며 어떤 상황에서든지 여성의 일자리는 임신과 출산, 육아에 얽혀 위태롭다는 생각이 들었다. 직장을 다니며 임신을 하면 임신을 했다는 이유로 여러 가지 불이익에 노출된다. 애를 키우기 위해 휴직했음에도 출산휴가나 육아휴직 후 복직하면 집에서 잘 쉬다가 왔느냐는 무지한 반응이 돌아오며 승진 가능성이 낮아진다. 그런데 휴직의 명백한 알리바이(?)인 아기도 없는 나 같은 난임 여성이 시술에 집중하겠다고 퇴직하면? 그냥 고용 절벽의 끄트머리로 몰리는 거구나 싶었다.

이로써 난임 여성의 재취업 현실이 얼마나 냉혹한지 깨닫고 사직에 대한 마음을 반쯤 접었다. '퇴사하고 싶다'라는 내 안의 불씨가 타오르려고 할 때마다 저 책을 떠올렸는데, 긴급 소화기 정도의 역할은 했다.

이런 모든 이유들을 압도하는 강력한 질문이 있었다. 바로 '회사를 그만두고도 임신이 안 된다면 어떻게 할 것인가?'였다.

곧 마흔이 되는데 경력도 단절되고 임신도 안 된다면? 어느 정도의 우울함이 몰아칠지 가늠이 잘 안 됐다. 그래서 결국 계속 직장을 다녔다.

물론, 직장이 내가 계속 다니고 싶다고 해서 그럴 수 있는 곳도 아니니까 순전히 내 자의로 경력을 유지한 건 아니다. 앞서 썼듯이 시간 여유가 있어서 병원과 직장을 병행할 수 있었고, 일개미로서 한번 분노를 표출한 후로는 직장에서 병원 진료에 대해서 많이 배려해줬다. 그러니 직업적 특성과 상황이 뒷받침됐기에 다닐 수 있었다고 해야 한다. 만약 근무 강도가 너무 세서 건강에 심각한 해가 된다거나, 병원 가고 주사랑 약 챙기기도 버거울 정도로 야근을 했다면 어쩔 수 없이 그만둬야 했을 것이다.

임신 후에도 병가와 산전휴가를 최대한 쓸 수 있게 보장이 돼서 임신도 경력도 유지할 수 있었다. 다른 직장에 비하면 분명히 운이 좋은 경우라고 할 수 있음에도 불구하고 시험관과 직장생활을 병행하기란 쉽지 않았다. 월급도 주고 커리어도 주고 피고용인의 고충도 주는 애증의 이름 직장이여.

가만히 옆에 있어준
가족들

　시험관 시술을 받으면서 남편 다음으로 든든한 버팀목이 되어
준 건 친정 식구들이었다. 피상적으로 생각하면 친정 식구들만큼
도움되는 존재도 없을 것 같지만, 익명으로 속내를 털어놓는 인터
넷 카페를 보면 친정 식구들이 난임을 이해하지 못해서 깊은 상처
를 주는 경우도 적지 않다. 차라리 시가 쪽에서 그러는 건 한국 사
회에서 상투적인 일이라 "시짜는 시짜네요" 하며 분노하거나, 나와
피가 섞이지 않은 사람들이라며 치부하고 넘어가는 글이 많다. 그
러나 한 핏줄인 친정에서 공격이 들어오면 화를 내고 욕하기보다
는 진심으로 슬퍼하고 더 깊은 내상을 입는다.

　내 경우, 신혼 초에 당분간 아기 생각 없이 신혼을 즐길 거라고

했더니 그때부터 친정엄마가 나를 은근히 압박했다. 사위에게는 아무 말도 안 하고 세상 쿨한 장모님인 것처럼 행동하면서 내게는 아기는 나중에 갖고 싶을 때 떡하니 생기는 게 아니라고 했다. 내가 삼십대 중반에 접어들자 생일 선물로 한약을 지어주겠다며 한의원으로 끌고 간 것도 엄마였다.

우리가 아기를 가지려고 노력하는데도 아기가 생기지 않았을 때부터 묘하게도 아기에 대한 엄마의 간헐적 잔소리가 뚝 끊겼다. 자궁근종 수술도 했다고 하고, 당신 딸이 평생 안 하던 운동도 시작하고, 심지어 스스로 한약을 지어 먹는 걸 보니 엄마도 분명히 임신 시도를 하고 있구나 확신했을 것이다. 그런데도 1년, 2년을 넘어가도 소식이 없자 엄마는 아기의 이응자도 내 앞에서 꺼내지 않았다. 우리의 거듭된 실패가 엄마 잔소리를 자연스럽게 차단한 셈이다.

나중에 시험관을 한다고 말했더니 여기저기서 시험관 비용에 대해 주위들으시고는 기부금을 쾌척했으나 시험관에 대해서는 먼저 말을 꺼내지 않았다. 그래서 내가 어느 병원에 다닌다는 것만 알았지 몇 번을 하는지도 정확히 몰랐다. 어느 날 밥을 같이 먹다가 "엄마 나 일곱 번 했는데 안 돼서 병원 바꿔볼 거야"라고 했을 때 엄마가 흠칫 놀라서 숟가락질을 멈췄던 걸 똑똑히 기억한다.

엄마의 그 침묵이, 나에겐 가장 고마운 배려였다. 집집마다 모녀관계가 각양각색이겠지만, 우리는 원래부터 서로의 고통을 시시콜콜 나누는 사이가 아니었다. 엄마는 늘 내 고통에 세상에서 가장 민감하게 반응하는 사람, 몸에든 마음에든 내게 조금이라도 생채기가 나면 나보다 열 배 백 배 덜덜 떠는 사람이었다. 그런데 내 성격도 마냥 둔하지 않아서 나 때문에 엄마가 상처받고 떠는 모습을 보면 더 괴로웠다. 그 심적 괴로움 때문에 더 스트레스를 받는 악순환이 벌어졌기에 우리는 건강하고 독립적인 모녀관계를 위해서 좀 거리를 둬야 했다. 그래서 엄마와 나 사이의 거리를 침묵이 메웠고, 우리는 그 침묵을 사이에 두고 각자의 일을 했다. 엄마는 기다리고, 나는 병원 다니고.

실질적으로 심적 도움을 준 건 여동생이었다. 원래 대범한 성격이어서인지, 혹은 모녀가 아니라 자매여서인지 동생은 엄마만큼 내 고통에 예민하게 반응하지 않았다. 내가 힘들어하면 충분히 공감해줬지만, 나 때문에 어쩔 줄 모르며 발을 구르지는 않았다. 그래서 더 편하게 속내를 털어놓을 수 있었다. 대신, 동생은 실패할 때마다 나보다 더 분노하고 답답해했다.

"젠장! 도대체 왜! 이번에도 또 안 되는 거야! 답답해서 미치겠네! 대체 뭐가 문제지?"

그렇게 같이 열을 내다보면 실패로 인한 분노와 슬픔이 좀 사그라들었다. 시술중 고충은 일단 남편에게 털어놨지만, 나에겐 남편 아닌 대화 상대가 필요했다. 남편도 어쨌든 시술 당사자이기 때문에, 우리가 서로 감정을 나눈다고 해도 고이고 고이다가 썩어버릴 가능성이 컸다. 그렇다면 시술 당사자 아닌 제3자 중에 시시콜콜한 얘기를 들어줄 사람이 누가 있을까. 주변 친구들은 난임을 겪어보지 않아서 자세히 말할 엄두가 나지 않았다. 말한들 이해해줄 것 같지 않았다. 그래서 여동생 당첨.

동생네 부부는 우리가 힘들 것 같으면 자기 집에 놀러오라고 초대해주곤 했다. 몸보신을 해야 한다며 제부가 전복 밥을 준비해놓은 적도 있다. 남편과 제부가 친한 편이라서, 같이 맛있는 것도 먹고 술도 마시고 나면 우리 부부만 있을 때 한없이 침잠되던 분위기를 떨칠 수 있었다. 동생네 가족은 시술 과정에서 우리를 응원해주는 가장 든든한 지지자였다. 그러나 동생이 나와 자매이기 때문에 생길 수밖에 없는 문제도 있었다. 아무래도 동생이 둘째 계획이 있는 것 같은데, 언니가 이렇게 죽을 쑤고 있으니 자꾸 미루는 것 같았다.

내가 동생 인생의 걸림돌이 된 건 이번이 처음이 아니다. 결혼할 때도 제부가 결혼을 서둘렀지만 우리집에서 순서가 바뀌면 안된다고 해서 제부와 사돈어른들께서 친히 1년을 기다려주셨었다. 도대체 한국의 결혼 '순서'라는 거 누가, 언제, 왜 만든 건지. 그때도 우리 인생은 별개니까 그냥 동생부터 결혼시키라고 애원했지만 그 누구도 내 말을 듣지 않았다.

그런데 동생이 둘째까지 나 때문에 미루는 것 같으니 이건 정말 민폐 중의 민폐 인생 아닌가. 동생한테 각자 결혼해서 독립된 가정까지 이룬 마당에 나 때문에 둘째 계획을 미루면 제부는 무슨 죄냐고 각자의 길을 가자고 읍소했다. 동생은 언니 때문에 자기가 둘째 계획을 조정할 사람 같으냐고, 이미 첫째가 있으니 둘째는 생겨도 그만이고 안 생겨도 전혀 아쉽지 않다고 했다. 그런데 생겨도 그만이라니… 그 말은 계획이 있기는 하다는 말 아닌가…

그후 둘째 계획에 대해서 더는 캐묻지 못하고, 나를 신경쓰지 말라는 언질만 이따금 건넸다. 평소 큰 갈등 없이 지내온 자매 사이였던 우리도, 임신 계획에 따라 이런 미묘한 갈등이 생겼고 이를 대화로 풀어내기가 조심스러웠다. 그러니 평소에 사이가 안 좋았다거나 상대가 난임에 대해 이해를 못한다면 어떻겠는가.

그나마 내 경우엔 첫째도 아니고 둘째에 대해서, 그것도 임신 후가 아니라 임신 '계획' 단계에서 대화를 시도한 거라 크게 부딪치지 않았던 걸지도 모른다. 인터넷 카페를 보면 자매간뿐 아니라 친오빠나 남동생 부부가 먼저 임신을 해서 괴롭다는 글도 종종 올라온다. 이럴 경우, 다른 사람도 아니고 친구도 아니고 내 '가족'이 임신했다는데 나는 진심으로 기뻐하지 못한다는 자책감까지 더해진다.

형제자매 중 누군가가 오랜 기간 난임을 겪고 있고, 다른 누군가가 빨리 순조롭게 임신을 하는 경우, 그 소식을 언제 어떻게 난임 당사자에게 알려야 하느냐도 가족 간의 고민거리라고 한다. 말 꺼내기가 어려워서, 혹은 배려하려고 뒤늦게 전하는 경우가 많은 것 같다. 이런 경우, 늦게 소식을 접한 난임 당사자는 배려해줘서 고마우면서도 다른 식구들이 나 때문에 마음껏 기뻐하지 못했겠구나 하며 미안해지는 미묘한 상황에 놓인다.

동생은 시술중인 내 상태를 단 한 번도 진단하지 않았다. 시술을 그만두라거나 계속하라고도 하지 않았다. 그냥 내 말을 들어주고 같이 슬퍼하거나 같이 화를 내거나, 같이 밥을 먹어줬다. 시술 당사자가 아닌 제3자, 그러나 나에 대해 판단도, 조언도 하지 않는 사람. 단 한 명뿐이라도 그런 사람이 존재만 한다면 그 사람이 주는 힘은 막강하다.

이렇게 막강한 응원을 해준 동생에게는 미안한 말이지만, 시술 기간중 가장 효과적인 항우울제는 바로 첫사랑 첫 조카였다. 태지와 피가 다 닦이지 않은 채로 분만실에서 갓 나왔을 때 태명을 부르자 고개를 빼꼼히 들어 소리가 들리는 내 쪽을 빤히 쳐다봤던 아기. 태어나자마자 이렇게 정확히 반응을 하다니 천재인 줄 알았다… 그 순간부터 이 아이와 사랑에 빠졌다. 세상의 어떤 어른이 자기 이름을 듣고 고개 돌린다고 사랑받겠는가.

신생아가 우는 소리는 "응애응애"라고 표기되는데 조카의 신생아 시절 울음소리를 듣고 왜 그런지 알게 됐다. 한마디로, 응애응

애라는 소리조차 신기했다. 의미도 알 수 없는 말이지만 조그만 입에서 더 조그만 혀를 굴려가며 내는 옹알이 소리에 넘어갔고, 작디작은 몸으로 균형을 유지하려고 노력하며 아장아장 첫걸음을 뗄 때는 모습이 얼마나 귀여운지도 조카를 통해 알았다. 한 생명이 세상에 나와서 맞이하는 모든 처음을, 그러니까 첫 옹알이, 첫 뒤집기, 첫걸음마, "이모"라고 불러주는 첫 목소리까지 고생은 전혀 안 하는 위치에서 목격할 기회가 생긴 것이다.

심지어 난생처음 본 태아 초음파 사진이나 영상도 조카 것이라서, 실제로 내 아기들 초음파 사진을 볼 때는 예상보다 감흥이 덜했다. 조카 사진을 보면서는 '초음파인데 이렇게 코가 오똑할 수가!' '이렇게 꼬물꼬물 귀여울 수가!' 하며 놀랐는데 내 아기들 초음파를 보면서는 '아기들 초음파는 다 비슷비슷하구나?' 하는 전혀 감성적이지 않은 결론이 도출됐다.

조카가 신생아 및 영유아 시절에 눈부시게 성장하는 모습을 지켜보면서, 인간이 존재 그 자체로 사랑받는다는 게 뭔지를 생생하게 배웠다. 그 사람이 뭔가를 잘해서 멋있고, 그 사람이 나에게 잘해줘서 좋은 게 아니라, 그저 아주 작고 보드라운 생명체 하나가 우리 가족이 됐다는 사실 자체에서 오는 행복.

이모가 아기를 가지려고 노력중인지 모르는, 아니 그런 복잡한 이야기는 이해할 준비도 능력도 아직 없는 어린애랑 놀다보면 마음이 가벼워졌다. 조카랑 있으면 삼십대 중반의 한국 여자도, 직장인도, 난임 병원 다니는 사람도 뭣도 아니라 조카의 숨바꼭질 친구혹은 그네 밀어주는 시녀 혹은 마트놀이 손님이 될 수 있었다.

『비커밍』을 보면 미셸 오바마도 시험관 시술중에 힘들 때면 오빠네 조카들이랑 놀곤 했다는데, 인종도 국적도 다르지만 난임 시술 받는 사람이라면 이런 경험을 공유하는구나 하며 신기했다.

조카는 내 자식은 아니지만, 내 자식이 아닌 아기들 중에서 가장 지척에 있는 가족이다. 그래서 난임을 겪는 사람들에게 지금 당장은 누릴 수 없는 보통명사로서 아기가 주는 기쁨을 간접 경험하게 해준다. 이 때문에 고유명사로서 '내' 아기가 주는 기쁨은 어떨지 더 강하게 상상하게 이끌기도 해 기쁨뿐 아니라 묘한 슬픔도 안겨준다.

우선 조카는 내 자식이 아니다. 나는 이모니까 똥 기저귀 가는 수고를 하지 않아도 됐지만, 조카에게 나는 부모도 조부모도 아닌 이모라는 가깝고도 먼, 애매한 어른이다. 오랜만에 만나서 안아도 보고 싶고, 아기 냄새도 맡고 싶은데 자기 엄마한테만 붙어 있겠다고 나를 매몰차게 거부하면 그게 뭐라고 서운했다. '내가 엄마였으면 안 그랬겠지?' 싶었다. 가끔 중간에 조카를 두고 나란히 걷는 동생 부부의 모습을 보면 예쁘고 좋아 보이면서 가슴 한구석이 시렸다.

동생이 보내준 조카의 동영상을 보고 가슴 아픈 적도 있었다. 공원 어딘가 모랫바닥에 앉아 있던 조카가 주변의 돌을 정성스레 모아서 탑을 쌓고는, 쫑알거리기 시작했다.

"엄마, 이건 케이크야. 생크림으로 만들어서 지인~짜 부드러워. 자, 이제 생일 축하 노래를 불러볼까? 생일 축하합니다. 생일 축하합니다. 사랑하는 엄마의 생일 축하합니다."

조카가 쪼그려 앉아 장난스럽게 생일 축하 노래를 부르는데, 갑자기 눈물이 흘렀다. 한창 밥 먹다가도 양치하다가도 울던 때였지만, 동생에게 조카 사진이나 동영상을 받으면 나도 모르게 입꼬리가 올라갔는데 그날은 아니었다. 인정하고 싶지 않지만 눈물의 이유는 하나뿐이었다. 영상에 나오지는 않는, 그러나 지금 조카가 휴대전화 카메라 너머로 '엄마'라고 부르는 동생이 부러워서였다.

진짜 케이크도 비싼 케이크도 아니지만, 공원 바닥의 돌을 그러모아서 상상 속에서 엄마 생일 케이크를 만들어서 축하 노래까지 불러주는 아이가 있어서, 동생은 좋겠다는 생각이 들었다.

'내가 지금 정신적으로 건강하지 않구나' 하고 그때 절감했다. 물론 조카 동영상을 보며 청승맞은 짓을 했다고 동생에게 말하지 않았다. 우울을 떨치라고 보내준 건데, 부담을 주고 싶지도 않았고 무엇보다 그랬다는 걸 알면 동생이 사진을 그만 보낼까봐 그랬다. 당시 조카의 사진과 동영상은 내 일상의 빛이요 진리요 생명이었으니…

존재 그 자체로 내 우울을 떨쳐준 동시에, 너처럼 예쁜 아기를 나도 갖고 싶다는 열망을 더 강렬하게 불타오르게 해준 우리 조카.

엄마와 동생 부부, 그리고 조카까지 친정 식구들이 없었다면 어떻게 그 시간을 헤쳐왔을까. 물론 사람은 본능적으로 닥치면 어떻게든 해내려고 하니까, 어찌저찌 견뎠을지도 모른다. 그러나 이들이 없었다면 그 시간이 훨씬 고됐을 거라고 확신한다. 끝까지 정신과 상담을 받지 않고 스트레스를 해결해보려고 한 것도, 의학적으로는 실수였을지 모르지만 남편과 여동생 가족 덕분이었다.

친정 식구들을 통해 힘들어하는 사람에게 위로가 돼주는 최선의 방법이 뭔지도 배웠다. 가만히 옆에 있어주기. 그동안 가족이든 친구든 힘들어하는 사람들을 보면 '가만히' 있지를 못하고 이말 저 말 건네야 한다는 강박에 시달렸다. '옆에' 있어주기를 못하고 이렇게 해봐 저렇게 해봐 하며 힘들어하는 사람을 이리저리 이끌어가려 했다. 하지만 친정 식구들은 나 같은 실수를 하지 않았다. 조용히, 하지만 손을 뻗으면 늘 닿을 만한 거리에 상주하고 있다는 신호를 깜빡깜빡 보내준 사람들, 고마워요.

난임 부부에게
시가란

시가. 대한민국 기혼 여성들의 아슬아슬한 지뢰밭과 같은 곳. 난임 부부에게는 더 어렵고 힘든 곳. 나는 시험관 하면서 겪을 수 있는 가장 이상적인 시가를 만났다고 할 수 있는데, 어떤 의미냐면 가족들이 우리의 임신에 대해 무관심했다면 거짓말이고 무관심보다 더 어려운 '무관심한 척'을 해줬다. 딩크로 살 때도, 자궁근종 수술 일주일 후가 시가 제사라서 못 간다고 말하면서 자연스럽게 우리의 임신 시도를 알린 후에도, 아무도 우리의 임신에 대해 말을 꺼내지 않았다.

다 모이면 어른만 여덟 명인 대가족인데 시부모님을 비롯해 누구도 묻지 않았다는 건 굉장히 낮은 확률의 행운이라고 생각한다. 사실 결혼해서 독립된 가정을 이룬 부모 자식, 형제자매 간에 자녀 계획에 대해 시시콜콜하게 이야기하는 일 자체가 이상하긴 하다. 그러나 우리 사회에 그 이상한 일이 너무나 당연시되기 때문에, 상식적이고 합리적인 시가 식구들을 만난 상황은 분명히 감사할 만했다.

임신 시도를 하기 전, 갓 결혼했을 때 아버님이 남편에게 우리의 가족계획에 대해 물으신 적이 있다고 들었다. 너 닮은 애는 언제 볼 수 있느냐는 아버님의 말씀에 남편은 "손주가 벌써 네 명이나 있는데 손주 생각이 또 드세요?"라고 대답했다고 한다. 그래서 부자간에 와하하 어허허 하며 농담 분위기로 넘어갔다고 하는데, 내가 듣기엔 애매모호하기 그지없는 대답이었다. 대답을 하긴 했는데 애를 가지겠다는 거야 말겠다는 거야. 향후 계획에 대해선 아무 말도 안 한 셈이었다.

그래서 남편에게 향후 1년 정도는 계획이 없다고 시부모님께 말씀드리라고 했다. 이렇게 자녀 계획을 밝힌 것은, 전적으로 시부모님을 믿었기 때문이다. 결혼 준비 과정에서 종종 뭔가 어른들 뜻대로 하고 싶으신 게 분명히 있구나 하고 느껴질 때가 있었다. 하지만 달리 내색하지 않으시고 결국 우리 뜻대로 다 하도록 존중하려고 노력하시는 게 느껴졌다. 애매모호한 아들의 대답을 듣고는 별말씀 안 하시고 그저 성당 가서 기도만 열심히 하실 분들 같았다.

결혼도 안 하겠다던 아들이 무려 결혼을 했는데 아이까지 바라

다니 어불성설이라면서 앞으로의 계획을 꼭 밝혀야 하느냐고 남편은 항변했지만 내 생각은 달랐다. 신랑 생각대로라면 시부모님께서 그런 질문을 굳이 하셨을까 싶었다. 우리를 존중하는 분들에게 명확하지 않게 의사표현을 해 오해를 빚고 싶지 않았다.

양가에 1년간 아기는 없다고 알린 뒤 신혼생활을 하며 둘이 사는 게 재미있어서 피임 기간이 더 길어졌다. 그러다 피임을 끝내기로 결심한 후 직접 어머님께 말씀드렸다. 임신 시도를 해볼까 한다고. 남편은 왜 그래야 하느냐고 의문을 표했는데, 말씀을 안 드리면 냉가슴 앓으면서 성당 가서 기도만 하실 듯해 결심했다.

"어머니, 저희 이제 아기 가져보려고요" 하자 어머님이 예상보다 백배 천배 기뻐하시면서 "뭐라고? 아기 가졌다고…?!"라고 하셨다.

그동안 얼마나 아기를 기다리셨으면 내 말을 이미 아이가 생겼다고 잘못 들으시나 해서 1차로 놀랐다. 솔직히 너희는 아기 없이 살 줄 알았다는 어머님의 반응에 2차로 놀랐다. '아기에 대해 한마디도 나누지 않았는데도 이미 짐작하고 계셨구나.' 생각을 바꾸길 정말 잘했다고 기뻐하셔서 3차로 놀랐다. 손주 생각이 별로 없으신 줄 알았는데 이렇게 좋아하실 수가.

어쨌든 우리 부부는 아기에 대해 시부모님과 이 이후로 대화한 적이 없다. 생신 축하 카드 같은 데 곧 아기 소식을 들려 드릴 수 있으면 좋겠다고는 썼으니 계속 노력중이구나 하셨을 것이다. 알고는 계시지만 그에 대해 말씀은 안 하셨다.

어머님이 말씀을 안 하기 위해 얼마나 피나는 노력을 하시는가를 알게 된 계기가 있었다. 명절도 아니고 부모님 생신도 아니고 내 생일도 아니고 아무 날도 아닌 날, 시가에 갔는데 어머님이 불쑥 묵주를 하나 주셨다.

"가을아, 이걸로 기도하래. 이 묵주로 기도하면 좋다더라. 그니까… 이걸로… 기도하면 좋대!"

'그니까… 이 묵주로 기도하면 아기가 생긴다는 말씀을 하고 싶으신 거죠?' 나도 "아, 이걸로 기도하면 좋대요?" 하고 웃으면서 묵주를 받았다. 무슨 뜻인지 이해했다는 메시지를 던져야 했는데 그놈의 '아기'라는 단어를 나도 입에 올리기 힘드니 달리 대답할 단어가 없었다. 그래서 시어머니 말씀을 그대로 복사 및 붙여넣기 해서 대답했다. 시험관은 비윤리적이라는 천주교의 공식 입장에 상처를 받고 성당에 안 나가던 때라 그 묵주는 받아서 고이 모셔만 뒀다. 그러다 어느 순간 마음이 동해서 그 묵주로 기도를 하던 중에 정말 임신이 되긴 했다.

남편의 형제들과 그 배우자들과도 아기에 대해 대화를 나누지 않았다. 아마 시부모님과 이 정도 의사소통을 했으니 전해들었으리라 짐작만 했다. 한번은 남편에게 캐물었다. 남편의 형제 가족들이 넷 다 아무 말도 안 하는 게 너무 이상해서였다. 다들 남편에게

만 묻고 나는 아무것도 모르나 싶었다. 남편은 자기한테도 아무도 안 물어봤다고 했다. 믿을 수가 없어서 몇 번이나 물었는데 진짜라고 했다. 그래서… 남편의 형제 가족들이 다들 행복하고 바빠서 우리에게 신경쓸 겨를이 없다면 그건 그것대로 좋은 일이고, 신경은 쓰이지만 우리를 배려하느라 참고 계시다면 그것도 그것대로 좋은 일이라고 생각하기로 했다!

가족 중 누군가가 딩크이거나, 딩크인지 아닌지 모르겠는데 아이가 없거나, 임신 시도를 한다는 건 아는데 아기가 없거나, 병원 다니는 건 알지만 아기가 없다면, 아무 말도 하지 말아라. 그것처럼 고마운 게 없다.

애가 없는 삶은 어떡하느냐며 안쓰러워할 일도, 자유로워서 좋겠다며 부러워할 일도 아니다. 난임 시술하는 사람들은 애 없으니 여행도 자주 가고 돈도 안 들고 좋지 않느냐는 말을 듣기 거북해한다. 내 경우, 여행은 스트레스 받아서 가게 됐고, 돈은 안 그래도 시험관 시술 비용으로 많이 들었는데 여행 가느라 더 들었다. 안쓰러워하든지 부러워하든지 양쪽 다 '자기 입장에서' 무자녀 부부를 바라봐서 그렇다. 자기가 애가 있어서 행복하면 무자녀 부부를 쓸데없이 연민하고, 자기가 애가 있어서 힘들면 무자녀 부부를 쓸데없이 부러워한다.

반대로 생각해보자. 무자녀 부부가 애 키우느라 웬 고생이냐 하며 유자녀 부부를 불쌍해한다면 그건 그것대로 무례한 일 아닌가. 그러니 당사자가 애를 원치 않는다면 무자녀는 '그들에게' 좋을 일이고, 애를 원한다면 무자녀는 '그들에게' 힘들 일이다.

아무 말도 하지 않는 시가 식구들과 적정한 거리를 유지하며 편안해했던 나와는 다르게 느낀 사람들도 있다. 너무 아무 말도 없으면 가족인데 관심 없는 것 같아서 섭섭하다는 사람도 있다. 시험관 시술중 유산을 하는 경우 온 가족이 유산 소식을 알지만 아무도 아는 척하지 않아 슬펐다는 사람도 있다. 다른 한편에서는 오빠나 남동생 부부가 유산을 했다는데 위로의 말을 건네도 되는 건지, 그래도 된다면 어떻게 해야 할지 모르겠다고 묻는 사람도 있다.

며느리에게 함부로 하는 경우도 있지만 그렇지 않은 시가라면, 오히려 조심하느라고 며느리와 의사소통하기가 더 힘들 수 있다. 당신 딸에게는 "넌 그래서 가족계획이 있는 거냐 없는 거냐" 한 번쯤 물으셨을 수도 있겠지만, 어머님은 내게 한 번도 그런 언질을 하신 적이 없다. 물론 이런 의사소통은 1차적으로 시가라면 아들, 친정이라면 딸을 통하는 게 맞다. 친정엄마도 아기에 대한 대화는 나하고만 했지, 남편하고는 전혀 하지 않았다.

이런 시가 식구들에게도 시험관을 한다고 차마 입이 떨어지지 않았다. 우선 시가에는 난임 부부의 선례가 없었다. 남편은 삼 남매인데 우리가 결혼하기 전에 두 집이 이미 자녀 계획을 마친 상태였다. 두 집 모두 자연임신으로 아기들이 태어났다고 들었다. 그래서 시부모님께서 시술에 어떻게 반응하실지 예측이 잘 안 됐다. 게다가 시술을 시작하는 시점에서 이게 얼마나 긴 여정이 될지, 몇 번을 하게 될지 불확실하니 섣불리 말을 꺼낼 엄두가 나질 않았다. "오늘부터 시작해요" 하고 알린다면 그후엔 어쩔 것인가. 실패할 때마다 알릴 것인가, 시술중이라고 말씀만 드리고 성공할 때까지 별말 안 해도 될 것인가. 알린다고 끝이 아니었다. 또다른 세부 결정 사항들이 줄줄이 생겨날 터였다.

무엇보다 시술중에 시가와 갈등을 빚거나, 상처받는다는 사연들을 인터넷 카페에서 많이 본 터라 괜한 문제의 불씨를 만들고 싶지 않았다. 시가 식구들 그 누구도 임신을 화제로 꺼내지 않았음에도 시술 때문에 문제가 생길지 모른다는 두려움을 완벽하게 떨칠 수 없었다. 사람들 간의 작은 충돌도 워낙 못 견뎌 하는 내 성격 때문일 수도 있다. 충돌이 생길 것 같은 씨앗이 보이면 땅속에 묻힌 씨앗이라도 파내고는 저멀리 갖다버린다! 그래서 시가에는 성공하면 말씀드리고, 친정에는 시작부터 말씀드리기로 했다.

임신에 성공한 후에야 어렴풋이 '차라리 말씀을 안 드릴 거면 친정에도 공평하게 말씀을 안 드리는 게 낫지 않았을까?'라는 생각이 들었다. 돌이켜보니 시부모님께서는 '쟤네는 대체 뭘 하면서 이 기간을 보내는 건가' 하며 암흑 속에서 답답해하셨을 것 같고,

친정엄마는 '쟤네는 병원을 다닌다는데 대체 잘되고 있는 건가' 하며 눈 감고 코끼리 다리 만지기 같은 갑갑함을 느끼셨을 것 같다. 둘 중 어느 쪽이 낫다고 말할 수 없겠지만 이왕이면 동일하고 공평하게 했으면 어땠을까 하고 아쉬움이 남는다.

시가에 알리지 않기로 한 후 신경써야 할 부분은 시가 가족 행사 날짜였다. 외식을 하는 생신 두 번과 어버이날을 제외하고 명절과 기제사 총 네 번은 직접 음식을 해야 했다. 이 모든 명절과 제사 노동에 남편도 참여했으니 둘이 같이 일하는 것까진 가능했지만, 시험관 한다는 말도 안 했는데 시가에 가서 남편은 일하고 나는 쉴 수는 없었다. 생리 시작일이 확정되면 이번 시술 일정을 대충 예상할 수 있어서 생리 시작일마다 시가 행사가 언제인지부터 확인했다. 그달에 가족 행사가 있나 없나, 있다면 이식일 후 쉬어야 하는 열흘에 걸리는가 안 걸리는가, 가족 행사가 걸린다면 그 행사는 외식을 하는 행사인가, 음식을 직접 준비하는 행사인가, 제사라면 평일인가 주말인가. 평일이면 퇴근 후에 가서 설거지만 잠깐 하면 되지만 주말이면 낮에 음식 준비부터 시작해서 저녁 설거지까지 내내 서 있어야 한다. 이런 세부 사항을 예측하고 조율하는 게 시가에 관련된 가장 큰 스트레스였다.

조율의 결과는 그때그때 달랐다. 피검사 결과가 나오는 날이 명절 딱 하루 전이라서, 임신이 되면 어쩔 수 없이 임신 1일차에 만천

하에 임신 사실을 공개하고 안 되면 가서 전을 부친다는 결론이 나올 때도 있었다. 명절 연휴와 생리가 함께 시작되어 지옥의 생리통 때문에 진통제를 털어넣어가면서 전을 부친 적도 있다. 실패가 이어지면서 이번달은 시술을 하지 말까, 고민할 때 '아 이번달에 이식하면 이식일 후에 제사를 지내야 하는군. 골치 아픈데 이번달 이식은 건너뛰자' 하고 쉰 적도 있다. 반면, 시부모님이 이번 연휴는 길어서 차례를 안 지낼 테니 너희들끼리 여행이나 다녀오라고 하셔서 여행 대신 명절 연휴 기간에 시술을 쉬지 않고 진행했던 적도 있다.

처음엔 뜻대로 하라던 남편은 세 번 정도 실패하니까 시가에도 공개하자고 했다. 매번 가족 행사 날짜와 시술 일정을 신경쓰는 건 불가능해 보인다며 말이다. 그런데 용기가 안 나서 비공개로 밀고 나갔는데 해를 넘기고 여덟번째쯤 되니까 심리적으로 한계가 왔다. 여덟번째 이식은 예상 이식일 바로 다음날이 시할머니 기제사였다. 그것도 근무 때문에 늦게 갈 수도 없는 주말 기제사.

"몸에서 사리 나올 것 같아, 그냥 병원 다닌다고 다 말해버리고 안 갈래!"

자포자기하던 차에 어머님께서 허리가 안 좋으셔서 이번 제사는 안 지낸다는 극적인 소식이 들려왔다. 다 같이 모여서 외식하려고 어머님이 식당을 예약해놓으셨다고 했다. 이식 바로 다음날인데다가 주말이라 집에서 누워 있을까 하는 유혹도 있었지만 이식하고 근무해야 할 때도 있었는데 외식도 못하겠다는 건 호들갑처럼 느껴져서 갔다. 그리고 그 차수에 성공해서 그 이식을 마지막으로 시술은 막을 내렸다. 시할머니가 선물로 주신 아기라고 내 마음대로 생각하기로 했다.

상상하기 싫지만 만약 그때 실패해서 또 시술을 해야 했다면, 시가에 계속 비밀로 했을지는 솔직히 장담할 수 없다. 시가 가족들이 내게 늘 조심해줬듯이, 나도 티 안 나게, 모두에게 걱정 끼치지 않는 쪽으로 가족 행사 문제를 해결하고 싶었다. 그러나 예상외로 시술 사실을 숨기기 위해서 발생하는 문제들이 또 있었다. '숨기는 데도 한계가 있구나. 에라 모르겠다' 하는 순간에 극적으로 아기들이 찾아왔다. 그러니 엄밀히 말하자면 우리가 이 문제를 능동적으로 정리한 게 아니라 임신이 뿅 하고 되면서 외부 요인에 의해 정리된 셈이었다.

만약 난임이 아니라 우리에게 다른 건강 문제가 있었다면 이렇게 오밀조밀 머리를 써가면서 고민했을까? 아니었을 것 같다. 난임도 분명 치료 가능한 질병인데 난임에 대한 시선은 다른 병과 달라서 쉽사리 공개하기 힘들다. 그래서 남편을 제외한 가족들에게 시술 사실을 알리기 싫다는 사람이 있다면 그 마음이 내 마음 같아서 백번 이해가 된다. 만약 당당하게 공개하는 사람이 있다면 사실은 그렇게 하는 것이 자연스러운 일이기에 응원하고 싶다.

숙모는
아기 안 낳을 거죠?

요즘 같은 저출생 시대에 보기 드물게 나는 조카 부자다. 친정에 한 명, 시가에 네 명 총 다섯 명의 조카가 있다. 친조카와 마찬가지로 시조카들도 모두 우리가 결혼하기 전에 태어났다.

원래 아기를 좋아하는 터라 결혼 전 조카가 이렇게 많다는 사실 때문에 남편에 대한 호감도가 올라갔다. 신생아 조카 사진을 보여주면서 자랑을 하는 남편의 모습도 너무나 자상하고 다정한 남자의 표본 같았다. '이 사람도 나처럼 아기를 좋아하나보다!' 속으로 감탄했으나 결혼 후에야 착각이었음을 알게 됐다. 남편은 자기 조카들은 예뻐하지만 아기라는 부류(?) 자체는 아주 싫어했다. 무질서하고 통제가 불가능하다는 이유로.

시가에 가면 아기 냄새도 맡고 안아볼 수도 있는 보송보송한 애들이 네 명이나 있어서 좋았다. 영아부터 유아까지, 여자애도 있고 남자애도 있고, 말 못하고 포동포동해서 귀여운 아기부터 입이 트여서 대화의 재미도 즐길 수 있는 아이까지! 한창 손 많이 가는 시기의 아기를 둘이나 키우느라 힘든 그 부모들에겐 죄송하나 내게는 갑자기 하늘에서 아기 가족이 넷이나 뚝 떨어진 셈이었다.

딩크를 고민할 때도 조카들이 있어서 부담이 덜했다. 우리가 딩크로 살아도 시가에 손주가 넷이나 있으니까 손주가 전혀 없는 집에 딩크를 선언하는 것보단 타격이 덜하리라 예상했다. (임신이 된 후 시부모님의 격한 반응을 보고 우리가 착각했구나 깨달았지만.) 실제로 양가에 손주가 전혀 없어서 심리적 압박이 더 크다고 토로하는 난임 부부들도 있다. 모름지기 가족이 모이면 집이 북적거려야 한다는데 너무 썰렁해서 괴롭다고. 시가는 다행히 우리가 아기를 안 낳아도 썰렁하지는 않을 듯했다. 요즘 같은 시대에 대를 잇는다는 게 무슨 의미인지 납득할 수 없지만, 우리 부모 세대에겐 아직 의미가 있으니 대를 끊는 불효를 한다는 죄책감까지 느껴야 하는 경우도 있다. 아직까지 임신과 출산은 당사자 개인의 선택이 아니라 원가족 구성원들과 얽힌 문제다.

난임 기간이 길어지면서 남편 형제 가족들의 자녀 계획이 끝났다는 게 행운일 수도 있다는 걸 알게 됐다. 남매든 형제든 난임인

가족이 있는데 누군가 먼저 임신을 하면, 마음껏 축하도 못해서 슬프고 마음껏 축하도 못 받아서 상처가 된다는 사연들이 참 많았다.

난임 기간에 신문에서 난임인 큰며느리가 보낸 사연을 접한 적이 있다. 결혼은 더 늦게 했지만 작은며느리가 먼저 순조롭게 임신해 연년생으로 아이를 낳았다고 한다. 큰며느리는 동서에게 아기를 너무 가지고 싶다고 흉금을 털어놓고, 동서는 이를 위로해주며 함께 세월을 보내던 중 큰며느리가 무려 10년 만에 임신을 했다고 한다. 한데 그동안 친정 자매보다 더 많이 위로해줬던 동서의 반응이 미적지근했단다.

"동서 덕분에 나도 엄마가 됐어. 축하해줄 거지?"

"형님은 욕심도 많으시네요. 저는 임신했을 때 맘껏 웃어보지도 못했어요."

자기는 해도 해도 안 되는 임신을 두 번이나 한 동서가 마냥 부러웠던 큰며느리와 온 가족의 축하를 받아도 모자랄 새 생명의 탄생을 형님 눈치 보느라 마음껏 기뻐하지 못한 작은며느리. 누가 이 두 사람을 비난할 수 있을까?

3년 넘게 아이가 안 생기면서 조카들을 예뻐하는 게 머쓱해질 때가 있었다. 결혼 초반에는 조카들을 보면 마냥 해맑게 "아기들이다!" 하며 안고 물고 빨고 했다. 그런데 우리가 아기를 안 가지는 게 아니라 못 가지는 거라는 사실을 너도 알고 나도 알고 모두가 다 알지만 아무도 말하지 않는 상황이 오래되다보니 조카들만 보면 정신없이 예뻐하는 모습을 다른 식구들이 어떻게 생각할까 불현듯 번쩍, 하고 자각하게 됐다. 게다가 우리 시가 식구들은 조용하고 점잖은 편이라 나처럼 아기를 보고 호들갑 떠는 사람이 없어서 내가 더 튀어 보일 것 같았다.

이걸 새삼스레 깨닫게 된 계기가 있었다. 어느 날 이웃집에 사는 쌍둥이 여자아이들을 오랜만에 집 앞에서 마주쳤다. 한참 놀다가 옆을 보니 남편이 어느새 사라져버렸다. 먼저 집에 들어간 남편 얼굴이 부루퉁했다. 남편이 은근히 힐난 투로 내게 물었다.

"남의 집 애랑 무슨 얘기를 그렇게 해?"

"왜? 내가 너무 속없어 보여?"

"아니, 우리 애도 아니고 남의 집 애랑 뭐 그렇게 할말이 많으냐고…"

남편이 말꼬리를 흐리길래 이번엔 진지하게 물었다.

"그럼, 내가 시댁이나 친정 가서 아기들 예뻐해도 속없어 보일까?"

남편은 대답이 없었다. 즉, 그렇다는 뜻이었다. 사람과의 관계에 예민하지 않은 남편도 내게 속없어 보인다는 무언의 대답을 하자 시가 식구들도 그럴 수 있겠다고 확신했다.

친조카든 처조카든, 남편에게 조카는 그냥 조카였다. 만나면 귀여워했지만, 헤어지면 다시 자기 일상으로 깔끔하게 돌아갔다. 내가 가끔 여동생 부부와 조카를 보면서 미묘한 감정을 느껴도 남편은 완전히 이해하지 못했다. 남편은 나처럼 아기 있는 자기 형제를 부러워하지 않았다. 애가 있는 건 그들의 인생인데 거기에 대해 어떤 감정을 느낄 필요가 있느냐고 아주 근본적인 질문을 던졌다.

처음엔 남편이 속마음을 숨긴다고 생각했다. 시험관을 시작할 때부터 우리 둘만 살아도 행복하니까 부담 갖지 말라고 했는데, 초반엔 나를 배려해서 그러는 줄로만 알았다. 그런데 계속 살아보니까 그게 아니었다. 신랑은 정말 아기가 없어도 상관없었다.

원래도 자유로운 영혼이었던 남편은 애를 가지겠다고 이렇게 불행해질 바에야 아기 없이 사는 게 낫다고 생각했다. 이쯤 되니까 나만 집착하는 것 같고, 세상 쿨해 보이는 남편이 야속해졌다. 진심으로 원망스러워서 남편에게 이렇게 말한 적도 있다.

"둘 다 간절히 바라도 될까 말까 한데 여보가 아기는 있어도 그만 없어도 그만이라는 식이니까 더 안 오는 걸지도 몰라!"

그렇다면 조카들을 너무 예뻐하면 속없어 보인다는 남편의 무언의 메시지를 받은 뒤 조카들에게 애정 표현을 자제했을까? 아니다. 속없어 보인다고 해서 어느 날 갑자기 조카들을 무뚝뚝하게 대하면 그게 더 이상하지 않겠는가? 조카들을 예뻐하면 속없어 보이고 안 예뻐하면 속 좁아 보인다는 게 난임 부부들이 걸린 덫. 오도

가도 못한다면 그냥 감정에 충실하게 살자 싶었다.

그러다가 『우리 집에 아이가 산다』를 쓴 우야지 작가의 난임 웹툰을 보고 반대의 경우를 생각해보게 됐다. 내가 주변 식구들을 의식하는 게 아니라 우리 때문에 주변 식구들이 조카들을 예뻐하지 못한다면? 그 웹툰에서 주인공은 동서 아이의 돌잔치에 갔다가 어른들이 아기를 너무 예뻐하는 모습을 보고 '아, 그동안 우리 앞에서 티를 안 낸 거지 다들 저렇게나 아기를 좋아했구나' 깨닫고 미안해한다.

실제로 우리가 임신이 됐을 때, 명절에 뵙는 시가 친척 한 분이 이렇게 말씀하셨다.

"사실 그동안 애기들(시조카들) 예뻐하다가도 너희들이 보고 속상해하지 않을까 할 때가 있었어…"

그때 그 아이들의 엄마인 형님도 옆에 계셔서 너무 당황스러웠다. 아이들은 그 자체로 사랑받을 만한 존재인데, 동서가 난임이라고 아이들이 친가에서 사랑을 양껏 받지 못한다면 형님은 형님대로 속상하고 불공정하게 느낄 것 같았다. 등에 식은땀을 흘리면서 "아뇨, 애들은 제가 봐도 예쁜데요!"라고 대답하며 넘어갔다. 이후 형님과 이에 대해 대화를 나눠보진 못해 그 속마음은 아직도 잘 모르지만, 난임은 조카들과 얽힌 시가의 인간관계에도 영향을 미친다는 사실은 분명했다. 성인들과의 관계뿐 아니라 조카와 나 사이 일대일 관계에도 예상치 못한 일이 불쑥 벌어질 수 있다.

조카 2호가 여섯 살 때쯤, 둘이 손잡고 어딘가로 갈 때였다. 조카가 물었다. "근데 왜 작은엄마는 아기가 없어요…?"

시가 식구들이 모이면 우리집만 아기가 없는 게 이상했나보다. 여섯 살 정도 되면 그런 게 눈에 들어올 나이이기도 하다. 그때는 난임 초반이어서 '이 정도 질문쯤이야' 하고 대처할 심적 여유가 충만했다. 주변에 다른 시가 어른들이 없고 아이랑 나, 둘뿐이라 더 차분하게 대응할 수 있었다. 여섯 살 아이의 말랑말랑한 손을 잡고 나란히 걸으면서 대답했다.

"그러게나 말이야. 성당 가서 하느님께 기도드리면 들어주실지 몰라. 하느님은 아이들 기도를 잘 들어주신다잖아."

돌이켜봐도 꽤 아름다운 수비였다.

그로부터 3년이 지나 남편 동생네 가족과 시부모님과 여행을 간 적이 있다. 밥 먹고 카페에 앉아 있는데 뜬금없이 열 살 된 조카 1호가 내게 물었다. "숙모는 아기 안 낳을 거죠?"

조카 1호의 엄마는 화장실에 있었고, 남편은 옆 테이블에서 일 때문에 누군가와 연락중이라 못 듣고, 같은 테이블에 앉아 있던 어머니와 내가 이 기습 공격을 받았다. 7차 이식 준비를 하던 기간이라 그때는 그럴싸한 대답을 할 여유가 전혀 남아 있지 않았다. 3년 전 조카 2호에게 써먹었던 대답이 생각났으면 좋으련만 '종교 따위,

근데 왜 작은엄마는
아기가 없어요…?

그러게나 말이야.
성당 가서 하느님께
기도드리면
들어주실지 몰라.
하느님은 아이들 기도를
잘 들어주신다잖아.

하느님 따위!' 하면서 성당에도 발을 끊고 지낸 때였다. 그래서 궁색하게 "으응…? 누가 그래…?" 하고 반응했다.

이미 어머님은 당황하셔서 고개를 숙이고는 어찌할 바를 모르고 계셨다. 나는 눈물이 떨어질 것 같아서 고개를 숙였다. 갑자기 고개 숙인 두 여자. 차로 이동하면서 남편에게 카페에서의 일을 전하고 눈물을 훔치며 마무리되나 싶었던 일은 다음날 다른 카페에서 반복됐다. 이번엔 남편이 운전하느라 피곤하다고 카페에서 자고 있는데, 갑자기 조카 1호가 물었다. "숙모는 아기 안 낳을 거죠?!"

'이것은 데자뷔인가, 어제 받았던 그 질문과 토씨 하나 틀리지 않고 똑같은데 지금 어제 일을 다시 꿈으로 꾸고 있는 것인가 난 누구 여긴 어디…' 나는 정신줄을 놓고 어머님은 다급하게 "얘!"라고 외치시는데, 이번엔 옆에 있던 조카 1호의 엄마가 수습에 나섰다.

"결혼했다고 다 아기를 낳아야 하는 건 아니야. 아기가 있는 집도 있고 없는 집도 있는 거야."

그뒤로 아이 엄마가 조카에게 뭐라고 타일렀는지 기억이 잘 안난다. '휴, 이렇게 수습이 됐구나' 안도하고 넘어가는 한편 왜 하필 매번 이런 곤란한 순간에 도움이 못 되는지 애꿎은 남편이 얄미웠다.

하늘에서 뚝 떨어진 아기 가족이었던 시가 쪽 조카들은 우리의 딩크와 난임 시절을 함께하며 이제 모두 어엿한 초등학생으로 자랐다. 우리가 아기 없던 시절에는 너무 어렸던 아이들이기에 더 크면 우리의 무자녀 시절을 기억 못할지도 모른다. 조카들을 예뻐하는 것도 조심해야 하나, 다른 식구들이 우리 때문에 조카들을 마음껏 예뻐하지 못하려나 고민했다는 건 당연히 모르는, 밝고 씩씩한 아이들이다. 우리 아기들도 조카들처럼 에너지 넘치는 아이들로 자라나길.

고양이를
입양하고 싶어

나는 원래 인간을 제외한 모든 동물을 무서워한다. 남편은 동물을 싫어했다. 그런 우리가 반려동물을 들일까 무수히 고민했으니… 다름 아닌 우리집 앞 상자에 몰래 숨어든 길냥이 한 마리 때문이었다.

자연임신 시도도 하기 전이었던 신혼의 어느 날, 남편이 약간 혼이 나간 표정으로 집에 들어와서 내게 말했다.

"현관 앞 상자에… 고양이가 있어…"

남편의 말인즉슨, 상자에 둔 물건을 꺼내려고 뚜껑을 열었더니 그 안에 몸을 웅크리고 있던 고양이가 남편을 빤히 쳐다봤단다. 아마 내가 그 상자를 열었다면 놀라서 괴성을 지르고 고양이는 상자를 뛰쳐나가고 한바탕 난리가 났을 텐데 다행히 남편은 동물을 싫어할 뿐이지 무서워하진 않는데다 고양이가 자길 정면으로 응시하자 너무 놀라서 그대로 뚜껑을 닫고 집에 들어왔단다. 그 고양이도 틀림없이 식겁했을 텐데 둘 다 얼어서 조용히 마무리가 됐다고 본다.

나중에 안 사실이지만, 고양이들은 상자를 좋아한다는데 한파가 기승을 부리던 때에, 집앞에 테이프로 봉하지 않은 상자를 내놓았으니 이건 뭐 "냥이님 발견만 해주시면 감사하겠어요, 여기를 거처 삼으세요" 하는 인간 집사의 메시지였던 것.

우리는 일단 상자 안에 안 쓰는 무릎담요를 깔아놓았다. 상자 안에서 고양이가 튀어나올까봐 무서워서 출퇴근도 빛의 속도로 해야 했지만, 그해 겨울이 너무 추워서 차마 내쫓을 수가 없었다. 담요까지 깔려 있으니 그 고양이는 날마다 상자를 제집 삼아 들어가 있었다. 자기가 알아서 뚜껑을 닫는 건지 신기하게도 고양이가 그 안에 있다는 게 잘 안 보였다. 게다가 자기도 들키면 안 된다는 걸 아는지 단 한 번도 우는 소리를 들어본 적이 없다.

이쯤 되자 겨울 동안만이라도 저 상자에 고양이를 거둬야겠다고 생각하고, 이웃들에게 양해를 구했더니 엄청난 반대가 돌아왔다. 딱히 길고양이에 관심이 없었던 때라 길고양이를 아주 싫어하는 사람들이 있다는 사실도 몰랐다. 단순히 싫어하는 거라면 모르겠는데, 윗집에서 그동안 계단으로 내려올 때마다 자동 센서등이 켜지기 전에 어둠 속에서 고양이의 눈이 반짝여서 무서워서 죽는 줄 알았다고 했다. 몇 주 전부터 저 상자에 들어가 있었는데 몰랐느냐면서 우리가 키우는 고양이인 줄 알고 아무 말도 못했다고 덧붙였다.

그렇게 오래전부터 그 안에 둥지를 튼지 모르고 있었던데다가 윗집 이웃의 이야기를 들으니까, 공동주택에서 너무 오랫동안 폐를 끼쳤구나 하는 생각이 들었다. 그래서 어쩔 수 없이 상자를 치웠다. 대신 우리 자동차 밑에 사료를 놓아주기로 했다. 영특하게도 남편이 퇴근하는 발소리를 듣고 상자냥이가 골목 어디선가 튀어나왔다. 가끔은 남편을 쫄래쫄래 쫓아와서 우리집 앞에 가만히 앉아 있기도 했다. 그리고는 사료를 가지고 나올 때까지 찍소리도 안 내고 문 앞에서 기다렸다. 심지어 나중엔 친구인지 자식인지 모를 작은 고양이 한 마리를 더 데리고 와서 야무지게 사료를 같이 얻어먹었다.

남편은 그때부터 상자냥이와 사랑에 빠졌다. 상자냥이가 나타나지 않는 날에는 대문에 들러붙어서 현관 방범렌즈로 오늘은 안 나타나나 훔쳐보다가 밖에서 고양이가 기다리면 아무리 추워도 사료를 주러 나갔다. 사료만 주고 오는 게 아니라, 잘 먹는지 훼방꾼은 안 나타나는지 멀찌감치 쭈그리고서는 상자냥이의 식사 시간을 보장해드렸다. 며칠씩 고양이가 안 보이면 너무 간절하게 테라스와 대문 근처를 서성여서 "내가 늦게 들어오는 날도 그렇게 애타게 기다려?" 하고 묻고 싶을 정도였다.

그때부터였다, 고양이를 키우자고 남편이 나를 조른 것이. 그리고 그때 알았다, 아기 없는 부부가 동물을 키우고 싶다고 마음을 내비치면 어른들의 반응이 어떤지.

친정엄마에게 재미있는 일화를 전하는 수준으로 별생각 없이 상자냥이 이야기를 했는데, 엄마가 질색을 했다. 우리가 고양이를 키우면 "난 너희 집에 못 가고 안 갈 거야!"라고 으름장까지 놓았다. 그러나 실질적 협박 효과는 전혀 없었다. 엄마는 원래 우리집에 안 오니까. 며칠 지나서는 집에 동물 들이는 일은 정말 신중하게 생각해보라고 문자까지 보내셨다.

시어머니는 "어우, 난 고양이 너무 싫다!"라고 하셨는데 시가 어른들에게 그 정도 표현은 극렬한 반대 축에 속했다. 아기 없는 부부가 동물을 키운다고 하면 어른들은 "저희는 동물 키우면서 딩크로 살겠습니다"라는 최후통첩으로 받아들인다는 걸 그때 깨달았다.

남편은 내일모레 마흔인 자기가 고양이 한 마리 거두겠다는데 이게 다들 한마디씩 거들 일이냐면서 펄펄 뛰었다. 그래서 나는 나대로 의견을 피력했다.

"모르겠어…? 어른들은 고양이가 싫은 것보다 우리가 영영 애

없이 산다고 할까봐 그게 싫으신 거야."

다행인지 불행인지, 당시에는 고양이를 키울 마음이 전혀 없었다. 주변에 동물 키우는 친구들이 10년 넘게 함께 산 동물과 이별하면서 얼마나 힘들어하는지를 옆에서 지켜봤기 때문에, 그런 경험을 하고 싶지도 않았고 할 자신도 없었다. 우리는 여행을 자주 다니는 편인데, 그때마다 고양이 맡길 곳도 없었다. 그때부터 난임 기간 내내 고양이 한 마리만 키우자는 남편에게 들볶였다. 처음엔 단칼에 거절했지만, 난임 기간이 길어져서인지 남편의 끈질긴 회유에 세뇌가 된 건지 어느 순간부터 나도 고양이가 키우고 싶어졌다.

난임 기간 초반에는 "사지 말고 입양해라" "동물 입양은 가족 한 명을 더 들이는 것과 같으니 신중해라" 이런 캠페인 구호에 귀기울였고, 남편의 고양이 공격도 이를 근거로 방어할 수 있었다. 그러나 난임의 고통이 쉴새없이 몰아치면서 이성은 점점 옅어지고 '집에 작고 꼬물거리는 고양이 한 마리만 있으면 좋겠다'라는 마음의 소리만 내 안을 그득그득 채웠다.

우습게도 난 아직도 동물이 무섭다. 좋아하게는 됐지만 서슴없이 만지거나 가까이 가지는 못한다. 애초에 그래서 고양이를 키우지 않으려고 했다. 그러나 고양이를 키우고 싶다는 마음이 강해지면서 소위 말하는 "나만 고양이 없어" 지경에 이르자, 동물이 새끼일 때부터 키우면 그런 두려움이 희석된다는 말이 유독 크게 들렸다.

그렇게 동물을 무서워하면서도 결국 키우는 쪽으로 마음이 기운 이유는 여러 가지였다. 우선은 난임 기간이 길어지면서 인간관계가 점점 좁아지고 고립돼간다는 느낌이 들었다. 남편도 그 부분을 가장 걱정했다. 원래도 친구가 많은 편이 아니었는데, 나이가 들어갈수록 친구들의 대화가 점점 육아 쪽으로 기울자 그냥 아무도 만나기가 싫었다. 운동이나 취미 쪽으로 외출할 일을 많이 만들어서 너무 은둔형 인간이 되지 않으려고 발버둥쳤지만, 그래도 남편이 늦게 들어오면 집에 우두커니 있는 일이 잦아졌다.

혼자서도 잘 지내기로는 둘째가라면 서러울 인간이라 생각했는데, 그건 내 오만이었다. 자발적으로 혼자 되는 것과 몇 년에 걸쳐 비자발적으로 서서히 혼자 되는 것은 천지 차이였다. 그렇다고 사람을 만나고 싶으냐면 그건 또 아니었다. 큰마음 먹고 친구들을 만나면, 누구의 잘못도 아니고 각자 처한 상황의 차이일 뿐인데 이상하게 상처받을 일이 하나쯤은 생겼다. 그래서 내 정신건강을 위해서 아예 사람들과의 만남을 차단하게 됐다. 빈집에 들어갈 때, 늦게 오는 남편을 기다릴 때, 우리집에 사람 아닌 생명체가 하나 있으면 좋겠다는 생각이 점점 강해졌다.

동물에게 공짜로 위로를 받을 수는 없다는 건 알고 있었다. 한 달에 고양이에게 쓰는 고정적인 비용을 확보해둬야 했고, 사료 챙기고 병원에 데리고 가는 번거로운 돌봄 노동을 감수해야 하며, 먼 훗날 고양이가 나보다 먼저 죽으면 치러야 할 감정 폭풍도 염두에 둬야 했다. 그럼에도 불구하고, 이 모든 현실적 계산은 작고 연약한 생명체를 들이고 싶다는 열망 앞에서 힘을 잃었다. 이 꿈틀거리는 욕구의 정체가 대체 뭘까, 궁금했는데 엘렌 L. 워커의 『아이 없는 완전한 삶』이라는 책에서 그 답을 얻었다.

작가는 나이 마흔이 되어가면서 뭔가를 돌봐주고 싶은 욕망이 강하게 들었다 했다. 그 해결책으로 암컷 테리어를 키우게 됐단다. '뭔가를 돌봐주고 싶은 욕망'. 내 욕구의 이름이 뭔지 알게 된 순간 이었다.

그래서 상자냥이를 만나고 4년이나 지나서 본격적으로 고양이 입양을 고려하기 시작했다. 병원을 바꾸고 과배란을 다시 하고 8차 이식을 준비하던 때였다. 이사도 앞두고 있었는데, 남편이 고양이를 키우려면 그에 맞춰 인테리어도 해야 하니 인테리어 업체를 만나기 전에 입양을 결정해야 한다고 했다.

고양이를 위한 인테리어라니… 고양이 전용 방이라도 만들어줄 수 있는 대궐 같은 집으로 이사가느냐고 신랑에게 묻자 그는 캣타워를 비롯한 고양이 물품을 어디에 둘지 정도라도 미리 생각해둬야 한다고 진지하게 응수했다.

고양이를 키우는 친구에게 우리의 계획을 전했더니 친구가 조심스럽게 아기가 없는 부부에게 고양이를 입양 보냈다가 임신했다고 파양하는 경우가 많아서 입양 보내기를 꺼린다고 이야기해줬다. 무자녀라는 점이 고양이 입양에까지 장애로 작용하다니.

곰곰이 생각해보니 틀린 말은 아니었다. 인터넷 카페를 보면 개든 고양이든 무자녀 부부가 동물을 키우면, 그 동물 때문에 임신이 안 된다면서 동물을 어디 딴 데 갖다주라고 가족들이 압박해 괴로워하는 사람들이 많다. 가족에게 시달리다가 친구나 지인 집에 보내는 사람들도 종종 있다.

그래서 대형 인터넷 카페에서 입양하기보다는 남편의 단골 과일가게 사장님이 거두신 아기 길고양이를 데려오기로 했다. '아직 데려오지도 않은 고양이, 양가에서 싫어한다면 내 고양이는 내가 지키겠어!' 비장한 각오까지 세워가면서 과일가게에 갔더니 케이지가 텅 비어 있다!

우리가 방문하기 며칠 전, 사장님 동생분이 고양이를 입양해가셨단다. 너무 예뻐서 '아무데나 입양 보내지 말아야지' 생각하던 차에 동생이 데려가겠다고 하니 사장님도 냉큼 보내셨단다. 아쉬워하며 터덜터덜 집으로 돌아와서는 본격적으로 이사를 준비하고 8차 이삿짐을 하며 정신없이 보내다가 고양이 입양은 잠시 뒷전이 됐다.

그 아기 고양이를 놓치고 딱 3주 후에 임신 확인을 했다. 아무리 봐도 내가 인간과 고양이를 같이 키울 깜냥이 안 돼 보여서 하늘에서 미세하게 계획을 조정한 것 아닐까.

동물에 별 관심도 없고 무서워하기까지 했던 나는 아기를 기다리다가 반려동물의 세계에 눈을 떴다. 인간 생명체를 기다리다가 또다른 세계를 알게 된 셈이다. 이 새로운 세계에서, 한 생명을 돌보고 사랑을 쏟는 일은 고되지만 동물에게도 사람에게도 가치 있는 일이라는 걸 배웠다.

소수가
된다는 것

시험관 시술 전에 예상했던 고충과 막상 해보니 힘들었던 점은 꽤나 달랐다. 시술 전에는 몸이 아픈 게 무엇보다 겁이 났다. 시술 중에 여자 몸이 많이 망가진다는 소리를 셀 수 없이 들어서였다. 그런데 막상 시술을 시작하고 가장 힘들었던 부분은 인간관계였다.

몸의 통증이나 주사와 약 부작용은 정해진 끝이 있다. 주사도 처방받은 개수가 있고, 약도 며칠까지 먹으라고 처방이 나온다. 시술은 생리 주기를 따라 돌아가고, 시술 주기도 한 달에서 한 달 반 정도로 정해져 있으니까 이 신체적 괴로움이 며칠 동안 지속될지 예측이 가능하다. 무엇보다, 신체적 괴로움은 내 한 몸 괴로운 것을 '내가' 죽어라 참으면 된다. 내 능력 범위 안에 있는 일이다.

그러나 이리저리 사람들에게 치이고 부딪치는 건 내 능력과도 상관없고, 평소에 감정 조절을 잘한들 언제 어디서 누가 튀어나와서 내 평정심을 흐트러뜨릴지 모르는 일이다. 상처를 주는 사람도 제각각이다. 남편, 친정 식구, 시가 가족, 친구, 친척, 직장 동료나 선후배, 지인 등등. 누구나 상처를 줄 수 있다. 물론, 반대로 저 모든 사람이 위안을 주는 존재가 될 수도 있다.

제때 대학에 들어가고 취직해서 밥벌이를 하고, 조금 늦었지만 결혼까지 하면서, 늘 한국에서 평범한 다수라고 부르는 무리에 묻어가는 인생을 살았다. 대학도 취직도 결혼도 모두 자발적으로 선택했지만 결과적으로 나는 늘 '얌전한 다수'에 속했다.

유유상종이라고 주변 친구들과 지인들도 거의 나와 비슷한 길을 가고 있었다. 면밀하게 살펴보면 주변 사람들의 걸음이 언제나 좀더 빨랐고, 나는 그들보다 한발 늦었다. 기혼 친구들 중에서 나만큼 오랫동안 무자녀 부부로 지낸 경우는 없다. 요즘엔 딩크가 대세라지만 내 주변으로 한정해보자면 아이 있는 친구들은 다수였고, 나는 소수였다. 자연스럽게, 그리고 당연하게도 화제는 늘 다수 쪽으로 흘러갔다.

시험관 시술을 하면서 사람들에게 치인다고 느낄 때는 늘 내가 소수가 되어서 상처를 받을 때였다. 참 미묘한 문제인 것이, 분명히 상처는 받았는데 항의할 대상이 없다. 친구들은 당연히 나에게 상처주려고 그렇게 말한 게 아니고 자신의 일상을 나눴을 뿐이다. 하지만 내 입장에선 그 얘기를 듣는 게 힘들기 때문에 내 속만 곪는다. 차라리 내가 잘못했다거나 친구가 잘못했으면 명백히 싸울 거리라도 되는데 그렇지가 않다. 나중엔 사람들을 만나기도 전에 '오늘은 또 무슨 말을 듣고 괴로워질까' 하며 상대도 없는 섀도복싱부터 하게 된다. 난임 카페 게시판에는 이 미묘한 상처에 대한 하소연이 많다. 익명이지만 같은 처지에 있는 사람들만이 이해해줄, 어디에도 말하기가 힘든 화제이기 때문에.

첫번째 채취를 하고 허리도 못 펴고 남편 차에 실려서 끙끙대며 꺼뒀던 휴대전화를 켰더니 수십 개의 카톡 메시지가 와 있었다. 단체 채팅창에 각자 자기 아기들 사진을 올리고 육아 이야기를 하는 친구들이었다. 멤버 중에 나를 포함해서 두세 명만 아기가 없고 나머지는 다 아기를 키웠다. 아파 죽을 지경인데 아기 사진이 하나도 아니고 여러 장, 다양하게 올라와 있다니. 친구들은 당연히 내가 그날 병원에서 시술을 받는지 몰랐지만 괜히 서러웠다.

육아 이야기로 넘쳐나는 친구들과의 채팅창을 어떻게 처리(!)할 것인가는 난임 카페의 단골 고민 소재다. 채팅창을 나가버리고 싶어도, 나가면 왜 나가느냐고 친구들이 걱정하며 물어볼 텐데 왜인지 설명하는 것도 난감한 일이다. 나는 친구들에게 시술중임을 밝혔는데, 그렇다 해도 "너희들 이야기 듣기 힘들어서 잠깐 나갈

게"라고 직접적으로 말하기도 쉽지 않았다. 별말 없이 나갔다가 휴대전화를 바꾸거나 수리한 줄 알고 다시 초대되는 일도 비일비재하다. 하물며 친구들에게 비밀로 하고 시술하는 사람은 뜬금없이 단체 채팅창을 왜 나가는지 말하기가 더 곤란할 것이다.

한창 예민할 시기에는 '시험관 한다고 대놓고 말했는데도 계속 육아 이야기를 하다니 대체 무슨 심보지?'라고 혼자 짜증을 내기도 했다. 그렇지만 이성을 다잡고 생각해보면 나 하나가 시술중이라고 해서 모두 하고 싶은 말을 하지 말라는 것도 무리한 요구다. 나 때문에 다들 육아 이야기를 멈춰 채팅창이 고요해진다면 그 배려가 달갑겠는가.

그래서 내가 택한 해결책은⋯ 아무 말 없이 가만히 있기였다. 있긴 있으나 최대한 무생물처럼. 집에 있는 가구처럼. 너무 큰 가구 말고 침대 옆 협탁 정도의 존재감이면 적당하겠지.

단체 채팅창에는 숨을 구석이라도 있지, 일대일로 임신과 육아 이야기를 들어야 하는 상황에 몰리면 그런 곤욕이 없었다. 친구들의 임신 육아 이야기를 무 자르듯이 딱 어느 순간부터 듣기 힘들어졌던 게 아니다. 가랑비에 옷 젖듯이 난임이 일상을 야금야금 갉아먹는 속도, 딱 그만큼 친구들 이야기를 들을 마음의 그릇이 작아졌다. 그러니 시술중임을 아는 친구라도 내 마음상태가 어떻게 변하고 있는지는 구체적으로 모르기에 습관대로 육아 고민을 내게 털어놓는 일이 생겼다.

친구들의 육아 고민을 듣느라 괴로운데 그날 생리까지 하면 맥주라도 한 캔 땄다. 이식 전이라면 열나게 걷거나 운동을 해서 부글거리는 마음의 열을 '치이이익' 빼줬다. 이식 후라서 술도 못 마시고 운동도 못한다면 남편을 붙들고 하소연을 했다.

친구들이 알아서 눈치채주기를 바라는 것처럼 미련한 짓이 없다는 생각이 어느 순간 들었다. 그래서 과배란 때문에 머리가 한없이 아프던 어느 날, 한 친구가 육아 고민을 털어놓으려고 하자 대화가 더 이어지는 걸 막기 위해 이렇게 답했다.

"이 문제의 답은 나 말고 (애 키우는) 누구가 더 잘 알지 않을까?"

친구는 "아, 그렇겠네" 하고는 그다음부터 육아 이야기를 예전만큼 자주 하지 않았다. 나 혼자 속 썩고 발을 동동 구른 기간이 무색해질 만큼 빨리 알아챈 것이다. 이렇게 작은 신호만 보내도 바로 이해하는 친구였는데 그동안 너무 숨기고 단속만 했나, 하는 생각이 들 정도였다.

그렇다면 그 사건 이후에 그 친구랑 뭐에 대해 얘기를 했나. 별로 할 얘기가 없었다. '이제 유자녀인 친구들과는 이렇게 공통 화제가 없어서 뜨문뜨문 대화를 이어갈 수밖에 없나?'라는 근본적인 의구심이 들었다.

이 문제의 답은
나 말고 (애 키우는) 누구가 더
잘 알지 않을까?

아, 그렇겠네

실제로 육아하는 친구들은 워킹맘이든 전업주부든 갑자기 인생이 뒤바뀌어서 육아와 직장, 혹은 육아와 자기 생활 사이에서 균형을 잡기 위해 안간힘을 쓰고 있었다. 아기의 존재에 행복해했지만, 그와는 별개로 고군분투해야 했다. 그런 친구들에게 "너랑 애얘기 말고 다른 얘기 하고 싶은데, 엄마 말고 네 인생은 어땠어?"라고 질문하는 것도 "애 갖는 데 그만 집착하고 네 인생 찾아"만큼이나 무례하다. 친구 사이는 세월에 따라 변하는 역동적인 관계이기에 반대로 친구들 입장에서는 아기 없는 나랑 점점 할 얘기가 없어졌을 것이다.

실상이 이러니 육아에 허덕이는 친구들과 난임 치료에 허덕이는 내가 만나서 달리 무슨 이야기를 하겠는가. 친구들은 육아 때문에 자기 인생이 지워지는 것 같다고 하고, 나는 난임 치료 때문에 내 인생이 지워지는 것 같은데, 그 과정과 이유가 너무 달라서 서로 할말이 없었다.

반면, 남편도 기혼 유자녀 친구가 많았는데 남편의 인간관계에는 별 타격이 없어 보였다. 그래서 남편에게 당신 친구들은 애 얘기 안 하느냐고 물었다. 그러자 안 한다는 대답이 돌아왔다. 나는 친구들을 만나면 스트레스를 받고 오는데, 남편은 친구들과 타임머신을 타고 옛날로 돌아간 것처럼 시시껄렁한 농담을 주고받으면서 술 마시고 스트레스를 풀고 왔다.

이게 한국사회에서 여자와 남자가 짊어지는 육아라는 짐의 무게 차이인가? 물론 남편의 사례만으로 섣불리 일반화할 일은 아니다. 직장 동료들이 다들 애아빠라서 회식 자리에서 자기 남편만 꿔다놓은 보릿자루처럼 남의 집 자식 이야기만 듣고 왔다는 난임인들도 많다. 남편 친구들 중에서도 아기가 있는 친구들은 자기들끼리 모여서 또래 아기들을 놀게 하고 부부들이 친해지는 등 자녀의 유무에 따라 관계가 자잘하게 변하는 듯했다. 하지만 친구관계가 전격 재편되고 난임을 이유로 점점 고립될 정도는 아니었다.

상황이 이렇다보니 싱글이든 딩크든 난임이든 아기가 없거나 아기를 싫어하는 사람들 이야기도 전보다 많이 들을 수 있었다. 나처럼 아기를 좋아하지만 임신이 안 돼서 아기 이야기를 듣기 힘든 사람들만 고충이 있는 줄 알았는데, 아기를 좋아하지도 않는데 사방에서 애 얘기만 들어야 하는 사람들의 원성은 그것대로 대단했다. 나로 말할 것 같으면, 가끔 친구들에게 조카 사진을 보여주면서 자랑하고 싶은 걸 꾹 참는 사람인 터라 이들의 이야기를 들으면서 앞으로도 근질근질한 손가락을 주머니 깊은 곳에 잘 넣어둬야 한다는 교훈을 얻었다.

아기를 안 좋아해서 안 낳겠다고 하면, "그런 사람들이 애 낳으면 더 잘 키우더라"라는 말도 흔히들 한다. 아기를 안 좋아하면 안 낳는 게 자연스러운 귀결일 텐데 왜 갑자기 '아기를 싫어하다니 훗날 훌륭한 부모가 될 될성부른 떡잎이로군' 하고 논리가 전개되는 걸까. 결혼하기 싫다는 사람에게 "너 같은 애들이 맨 먼저 결혼한대"라고 예언하는 것과 비슷한 현상 같다. 모든 사람이 언젠가는 결혼하고 애 낳는 것이 당연하다고 전제하며 던지는 말들.

게다가 아기가 없는 사람들은 모성애가 없는, 차갑고 이기적이라는 사람이라는 오해도 받는다. 정말 그럴까? 예전에 여행 작가 김남희의 「저 아이도 내 아이다」라는 칼럼을 읽었는데 거기에 '친자식이 없는 나는 모성이 결핍된 존재인가'라고 자문하는 부분이 나온다. 그는 꼭 아기를 낳은 엄마의 사랑만이 모성애가 아니라 '어린 생명을 보듬는 모든 마음' '세상의 모든 아이들을 향해 저 아이도 내 아이'라고 말할 수 있는 마음이 사회적 모성이라고 한다.

아이를 보살피는 마음을 왜 모성으로만 한정짓느냐는 의문이 생기긴 하지만, 생물학적 어머니만 작고 여린 생명을 보살피는 마음을 가지는 건 아니라는 점에 동의한다. 실제로 아이 없는 싱글이지만 누구보다 아동 학대 문제에 관심이 많고 아동 학대 방지 운동 단체에 후원까지 열심히 하는 친구도 주변에 있다. 이런 사람이 사회적 모성을 보여주는 사람들 아닐까.

난임 기간 중 '아기를 낳아야 어른이 된다'는 말만큼 듣기 싫은 말이 없었다. 생물학적 부모가 되지 않은, 혹은 되지 못한 사람들을 간단하게 뭔가 부족한 사람으로 만들어버리는 말이었다. 부모의 사랑이란 게 정말 그렇게 숭고하기만 할까. 오히려 오직 '내 새끼'에게만 집중된 사랑이라 가족 이기주의로 빠지기 쉬워 보였는데.

그렇다면 동병상련의 법칙에 입각하여 비슷한 상황에 처한 소수끼리 어울리면 어떨까? 소위 난임 친구라는 것을 만든다면? 인터넷 카페를 보면 난임 원인이 비슷한 사람들끼리 채팅으로 교류를 하거나, 나이가 비슷하거나 같은 지역에 사는 난임 여성들끼리 모이는 경우가 있다. 그런 모임을 통해 서로 격려해주고 위로해주며 긍정적인 기운을 얻는 예도 많다고 알고 있다.

나의 경우, 나서서 난임 친구를 만들지는 않았지만 때마침 주위에 난임 치료중인 친구가 있었다. 거의 비슷한 시기에 그 친구는 인공수정을, 나는 시험관을 시작했고 내가 시험관 1차 결과를 기다리는 중에 친구는 임신을 했다. 친구가 먼저 성공하면 그 기운을 받아야지 했는데, 막상 실패하니까 "나도 연달아 성공해야지!"라고 다짐하던 긍정적이고 패기 넘치는 자아가 어디론가 쏙 숨어버렸다. 임신 초기인 친구에게 "이때쯤이면 초음파에 아기가 보여?"라고 아무 생각 없이 물어봤더니 친구가 "여기 이렇게 조그맣게 보여"라고 초음파 사진을 보여줬다.

까만 배경에 아주 하얀 작은 점으로 찍힌 태아. 그 까아만 사진을 보고, 내가 이 상황을 아무렇지 않게 받아들일 대인배가 아니라는 사실을 인정해야만 했다. 친구는 인공수정 두세번째쯤에 성공했고, 나는 당시 시험관 1차를 했을 뿐인데도 그랬다. 친구가 임신과 출산을 하고도 반년 넘는 기간 동안 나는 시험관을 진행했다. 속 좁다는 걸 알면서도 친구와 자연스럽게 멀어지고 싶었다.

다수 중 소수가 되는 경험과 난임이던 친구들 중에서 마지막 남은 사람이 되는 경험의 공통점은, 감정을 있는 그대로 표현하면 내가 너무 못나 보인다는 것이다. 나도 모르는 사이에 육아중인 친구들의 인생을 있는 그대로 봐주지 못하는 사람이 되고, 임신한 친구의 기쁨에 함께 박수쳐주지 못하는 사람이 된다.

내가 왜 이런 사람이 됐나 싶었다. 우선은 자존감에 금이 가고, 그다음엔 친구관계에 미세하게 균열이 간다. 이 정도면 건강한 줄 알았던 자아가 흔들리고, 그 여파로 인간관계도 덜컹거린다. 이리저리 굴려도 괜찮은 편한 토기 같은 친구인 줄 알았는데, 난임이 되는 순간 친구관계가 유리처럼 깨지기 쉬운 관계로 변모한다. 그 유리를 와장창 깨기 싫어서 불편한 마음을 어떻게 전달해야 하나 늘 머리를 굴리고 속을 끓였다.

난임 카페에서 많은 사람들이 여기저기서 상처받으면서 말 한마디라도 조심하고, 말하기 전에 몇 번씩 곱씹어보는 습관이 생겼다고 했다. 나도 그랬다. 난임을 이유로 상처받았다고 징징댔지만, 내가 그전에 사람들에게 아무 생각 없이 던진 말의 화살은 얼마나 많았을까. 이런 생각에 등골이 서늘해졌다.

특히 싱글 친구들이 온통 기혼인 친구들과 모임을 하는 경우 난임인 내가 유자녀 친구들 사이에서 느끼는 '공통 화제 없음'이라는 기분을 비슷하게 느끼지 않을까. 뒤늦게 의구심이 들었다. 그동안 싱글 친구에게는 재미도 없고 관심도 없을 나의 기혼생활 이야기만 늘어놓은 건 아니었을까. 그 친구들도 내 말을 억지로 들어준 게 아니었을까. 갑자기 도둑이 된 듯이 제 발이 저려왔다.

싱글 친구들이 어떤 생각을 했는지는 알 수 없지만, 그동안 내가 쭉 다수에 속했기 때문에 소수의 입장을 헤아리지 못했다는 건 알 수 있었다. 다수 집단에 있다는 건 곧 의식적으로 노력하지 않는 이상 소수의 입장을 모르고 산다는 것, 혹은 무신경해도 되는 특권을 거저 얻는 것이었다.

이런 깨달음을 얻었으니 난임이라는 고통을 통해 조금이나마 성장했다고 말해도 될까. 그럼에도 선택할 수 있다면 고통도 없고 성장도 안 하는 쪽을 고르고 싶다. 이미 닥친 고통 속에서 허우적대다가 한 치라도 성장한 것일 뿐, 굳이 사려 깊은 사람으로 성장하기 위해 난임이라는 고통을 겪는 건 가성비, 아니 고통에 대비한 성장의 열매가 너무 미미하니 말이다.

스트레스에
지고 싶지 않아서

시험관은 몸과 마음을 같이 관리해야 하는 과정이라서 나만의 스트레스 해소법을 찾아야 했다. 우선 몸관리를 위해 발레를 시작했다. 자궁근종 수술 후 몸을 추스르고 운동 목적으로 시작한 발레에 제대로 푹, 빠졌다. 발레는 사실 예술이고 춤인데, 일반인인, 그것도 유연성과 근력이 바닥인 나는 춤까지는 기대하지도 않고 몸이 좀 튼튼해지기만을 바랐다. 운동 목적으로 발레 학원을 찾았다고 해도 발레는 춤이니까 음악을 틀어놓고 춤의 기초가 되는 동작을 쪼개서 배운다. 그래서 운동은 운동이지만 뭔가 예술적인 일을 하는 중이라고 느낄 수 있고 무엇보다 지루하지 않아서 좋았다.

나 같은 초보자는 얼핏 보면 '저렇게 쉬운 걸 왜 저렇게 미련하게 계속 반복만 하고 있지' 하고 오해를 사기 쉬운 발레 동작을 배워야 한다. 그렇지만 실제로 해보면 그렇지가 않다. 늘 몸을 꼿꼿이 세워야 하는데, 몸통을 고정한 채 팔을 뻗거나 다리를 움직이는 동작을 하면 복근 부분이 흔들리는 게 자연스러운 이치다. 그러나 발레의 모든 동작은 몸의 자연스러운 이치를 역행해야 한다. 복근 부분을 무너뜨리지 않으면서 동작을 해야 하고 안쪽 허벅지 근육이 밖으로 보이도록 다리를 돌릴 줄 알아야 한다. 말로는 쉬워 보이는데 가만히 생각해보자. 살면서 안쪽 허벅지 근육을 제대로 본 적이라도 있는가. 보지도 못한 근육을 밖으로 돌려서 쓰라는 지시에 따르다보면… 굳어 있던 몸 구석구석이 비명을 지른다.

신기하게도 돈 내고 발레 학원에 가서 자연의 이치를 거스르며 낑낑대다보면 돈과 시간이 아깝기는커녕 "그래, 이러려고 돈 버는 거지"라는 마조히스트적 감성이 충만해진다.

발레를 배운 지 1년이 넘어가자 다른 사람들처럼 예쁜 레오타드와 스커트를 탐내는 장비병에 걸려서 스트레스 받을 땐 멍하니 발레복 쇼핑몰 구경을 했다. 나중엔 도쿄에 사는 친구 집에 놀러가서도 시간을 쪼개 발레 수업을 듣고, 발레복 쇼핑까지 할 정도로 빠졌다.

오랜만에 선생님께 복종(!)해야 하는 학생 입장이 되니 정신적으로도 도움이 됐다. 회사에서는 책임지고 업무를 처리해야 했지만, 발레 학원에 가면 능동적으로 생각할 것 없이 선생님 명령에만 따라야 한다. 그렇게 완벽하게 수동적인 입장이 되자 이상하게 마음이 안정됐다. '선생님, 비루한 제 몸뚱아리를 클래스에 바치노니 마음껏 지적하고 늘리고 꺾어주소서.'

1차 시험관에 들어가기 전에는, 운좋게 이번에 성공하면 발레는 당분간 못하겠구나 싶어 섭섭한 마음이 솟아났다. (그런 생각도 들고 팔자 좋은 시절이었다.) 발레는 한 시간 반 정도 하고 나면 온몸이 땀범벅이 되는 고강도 운동이기 때문에, 배아 이식 후 열흘 정도는 발레를 못하고 안 했다. 그래서 시험관 차수가 쌓이면서는 이식 전날까지 발레를 하면서 오늘이 당분간 마지막 수업이길 혼자 바랐다. 그리고 실패하면 씁쓸함을 잊고, 열흘 동안 쉬면서 더 뻣뻣해진 몸을 풀기 위해 발레 가방을 주섬주섬 챙기곤 했다.

순수하게 즐겁고 재밌어서 취미로 발레를 하는 사람들도 많고, 초반에는 나도 그렇게 가벼운 마음으로 발레 학원에 갔다. 그런데 난임의 터널이 예상보다 더 길고 깜깜해지면서, 발레가 최소한의 정신건강을 유지하기 위해 꼭 붙들어야 하는 동아줄이 돼버렸다. 발레라도 해서 몸의 땀을 빼면, 놀랍게도 마음의 노폐물까지 같이 빠지는 것 같았다.

몸관리를 위해 두번째로 한 일은 걷기였다. 발레 수업도 없고 미세먼지 수치도 괜찮으면 하루 만 보를 목표로 걸었다. 주로 버스를 타고 퇴근하다가 만 보를 채울 만한 지점에서 하차해 집까지 걸었다. 만 보 걷기도 이식 후 열흘 정도는 무리가 될 것 같아서 하지 않았다. 그러다가 피검사 실패 결과를 받은 날이면 그동안 밀린 산책까지 몰아서 걸었다. 슬픔과 분노가 머리끝까지 차올라 있다가, 걷다보면 어느 순간 밥솥에 김이 빠지듯이 부정적인 감정이 사라지는 게 느껴졌다. 걷는다는 물리적인 움직임이 머릿속에 긍정적인 화학작용을 일으키는 게 분명했다.

걷고 또 걷다보면 많은 사람들을 지나치게 된다. 서울에는 집도 많아서 '저 안에 다 사람들이 살고 있구나' 새삼스레 깨닫기도 한다. 걷기 전에는 눈앞에 내 고통만 활활 타오르다가 이 풍경 저 풍경 보며 걷다보면 '그래, 세상에 내 고통만 있겠나' 하며 마음이 서서히 가라앉았다. 그렇게 다 걷고 나면 세상을 다 태워버릴 것처럼 타오르던 고통의 불이 작은 불씨가 되어 있었다.

발레와 걷기를 하면서 몸이 정신을 지배한다는 걸 배웠다. 정신으로 몸을 통제할 수 있다고 믿으면서 살았는데, 거꾸로 체력이 담보가 돼야 정신건강도 유지할 수 있다는 걸 알게 됐다. 그래서 나중엔 우울함이 몰려올 것 같으면, 예방 주사 맞듯이 발레 학원에 가거나, 자동 설정된 로봇처럼 아무 생각 없이 걸었다.

발레와 걷기뿐 아니라 원래 좋아하던 취미생활을 적극적으로, 매우 적극적으로 영위했다. 내 생애 이렇게 열심히 공연을 보러 다닌 적이 없었다. 취미 발레를 하면서 프로들의 공연에도 관심이 생겨서 틈만 나면 발레 공연을 보러 다녔다. 클래식 음악 공연도 열심히 찾아다녔다. 사람이 너무 행복하면 음악도 잘 안 듣는다는데, 음악이 왜 그렇게 귀에 꽂히던지. 역시 인생이 좀 불행해야 예술에 집중이 잘 되나 싶었다. 대단한 클래식 음악 애호가는 아니었는데, 그즈음엔 가사 있는 음악도 잘 안 듣게 됐다. 가사가 너무 직접적으로 감정선을 건드는 바람에 안 그래도 울 준비가 돼 있는 나의 청승 지수를 높였기 때문이다.

평소에 관심이 있었던 악기를 배우기도 했다. 너무 친구를 만나지 않자 일주일에 한 번 만나는 레슨 선생님이 남편과 회사 사람들 다음으로 가장 대화를 많이 나누는 사람이 됐다. 나보다 열 살이나 어린 선생님이었지만, 악기라는 공통분모가 있으니 웬만한 친구보다 대화가 더 편했다. 몸상태가 안 좋으면 레슨을 취소해야 했기 때문에, 어떻게 보면 남편 다음으로 내 건강상태를 가장 잘 아는 사람이기도 했다.

악기 선생님을 제외하고는, 공통분모를 가진 사람들과 대화하는 거의 유일한 모임이 있었다. 난임 시술 초반에 빼꼼 하고 들어가봤다가 3년 넘게 유지된 동네 책모임이다. 나이가 나보다 적든 많든, 아이가 있든 없든, 책이라는 구심점이 확실히 있으니 대화는 늘 책을 중심으로 이루어졌다. 2주에 한 번씩 진행된 모임이라 나중엔 이 모임 친구들이 악기 선생님 다음으로 자주 보는 사람으로 등극했다. 난임 치료 기간을 버티려면 가족 외에도 대화 상대가 있어야 한다고 절감했다. 비록 난임 친구를 만들지는 못했지만, 악기 선생님과 책모임 친구들 덕분에 바깥세상 사람들과 대화하는 즐거움을 잊지 않을 수 있었다.

스트레스 해소를 위해서 남편과 여행을 떠나기도 했다. 원래도 둘이 여행 다니는 걸 좋아해서, 해외든 국내든 근교든 그때그때 사정이 닿는 한 최대한 여행을 다니면서 곰팡이 필 것 같은 마음을 환기시켜줬다.

사실 시험관을 하면서 여행 일정을 짜는 게 만만치는 않다. 생리 주기에 따라 시험관 일정이 달라지는데, 성공할지 실패할지도 모르고 실패한다면 생리가 언제 시작될지 알 수 없으니까 정확한 여행 계획을 세우기가 힘들다. 게다가 시술을 받던 기간에는 지카 바이러스 때문에 동남아를 아예 제쳐놓아야 했다. 동남아 다녀와서 지카 바이러스 검사를 한 뒤 시험관을 하는 사람들도 있지만 그 검사비도 싸지만은 않다. 저렴한 비용에 비행시간 적당하기로는 동남아만한 곳이 없는데 동남아가 막히자 늘 여행지 후보로 일본, 사이판, 괌 정도가 올랐다. 세번째 실패 후 뒤늦은 여름휴가로 괌에 갔었다. 미리 계획을 짤 수 없으니 괌을 염두에 뒀다가 비임신 결과를 듣자마자 번갯불에 콩 구워 먹듯이 숙소 예약과 비행기

표 예매를 마쳤다. 괌은 주요 태교 여행지이기도 하고 비행시간이 짧기 때문에 아기를 데리고 떠나는 가족 여행객들이 많아서 가기 전부터 걱정이 좀 됐지만 어쩔 수 없었다. 아니나다를까 해변을 아장아장 걷는 아기들이 참 많았다. 아기용 튜브를 끼고 바닷물에 간신히 떠서 첨벙거리는 아기들도 많았다. 주변에는 온통 한국 아기들과 부모들뿐이었다. 여기가 부산 해운대인지 괌 투몬 비치인지 모를 해변에 누워서 남편에게 말했다.

"다음에 올 땐 아기랑 같이 오자."

"나중엔 더 좋은 데 가야지. 하와이 같은 데."

하와이로 훌쩍 떠날 만한 상황이 아니었음에도, 정말 아기와 하와이에 갈 수 있는 날이 올 것처럼 위로가 됐다. 그리고 다음해에 어쩌다가 하와이에 가게 됐다. 또 애 없이.

일단 시험관을 시작하면 생활 전체가 시험관에 지배당한다. 병원에 자주 가야 하니 직장생활에 영향이 가고, 시간 맞춰서 주사를 맞고 약을 챙겨 먹어야 한다. 여행 일정마저 시술 일정과 생리 주기에 맞춰야 한다. 이 '지배당하는 느낌'이 참 싫었다. 내 인생에 시험관만 있는 게 아닌데, 시험관 위주로 일상이 돌아가야 했다. 그래서 시험관 외의 일상을 만들려고 필사적으로 노력했다.

이십대 청춘은 아니지만 삼십대 중반이면 내가 번 돈으로 여러 가지 즐거움을 추구할 수 있는 한창 좋은 나이라고 생각한다. 그런데 아기를 기다리다보니, 임신 그 순간을 위해 현재의 즐거움을 유예하기가 쉬웠다.

대체 그 아기는 언제 온단 말인가. 시술중 가장 초조했던 지점이 그거였다. 이 짓을 언제까지 해야 할까. 영영 아기가 오지 않을 수도 있다는 두려움과 싸우는 게 가장 힘들었다. 아기는 언제 올지 모르지만, 하루하루 주어진 시간은 확실히 손에 쥘 수 있었다. 오늘 누릴 수 있는 오늘치의 행복을 최대한 누리고 싶었다. 오늘 할 수 있는 재미있는 일을 하는 게, 오늘치의 괴로움을 잊는 가장 효과적인 방법이기도 했다.

운동이니 책모임이니 공연이니 어떻게 해서든 외출을 해야 하는, 시험관 외의 일상을 만든 건 남편에게만 너무 의지하지 않기 위해서였다. 시험관의 첫번째 주기를 한번 돌아보고 의학적으로 남자가 기여하는 일이 거의 없다는 사실에 정말이지 놀랐다. 남자는 채취할 때만 병원에 가도 된다. 스스로 채취를 하는 거니까 마취도 안 하고 약이나 주사도 전혀 처방받지 않는다. 작은 방안에 들어가 알아서 채취해야 하는 상황도 이상한 굴욕감이 들 것 같았지만 상상만 할 뿐 굳이 자세히 알고 싶지는 않았다.

병원에 딱 한 번만 가도 임신만 성공한다면 생물학적 아빠가 될 수 있다니! 왜 임신에 관련해서 인간의 몸은 이렇게 불공평하게 설계되어 있을까? 아무리 봐도 남편은 생물학적 로또를 맞고, 나는 생물학적 독박을 썼다는 게 부정할 수 없는 사실이었다. 그럼 남편들은 뭘 할 수 있지? 뭘 해야 하지? 임신을 제외한 모든 것을 하면 되지 않을까.

이렇게 결론을 내리면 남자가 할 일은 무궁무진해진다. 남자들이여, 생물학적 임신을 뺀 모든 영역에 그대들이 할 일이 널려 있습니다. 주사 놓아주기, 병원 같이 가기, 시험관에 대한 최신 정보 찾아보기, 시술 도중 가사노동 도맡기, 양가에서 임신 압박이 들어오면 나서서 막아주기, 힘들어하는 파트너를 심적으로 위로하고 응원해주기 등등. 한마디로 여자가 시술에만 집중할 수 있도록 몸과 마음을 편하게 해주면 된다.

다행히도 남편은 그렇게 해줬다. 원래도 가사 분담을 잘하는 편이었지만 과배란이나 이식 후 몸조심해야 하는 기간에는 집안일을 내가 전혀 신경 안 쓰게 처리했다. 내가 발레를 하든 탈춤을 추든, 책모임에 간다고 책을 읽든 뜯어 먹든 아무 상관도 하지 않았다. 뭐든지 행복한 쪽으로 살라고 응원해줬다. 시술로 인한 신체적 부담'만' 내가 짊어지고, 신랑이 그 외의 모든 면을 도맡았기 때문에 생물학적 독박에 대한 억울함이 덜했다.

실패가 거듭되면서 남편에게 많이 의존하게 되자 어느 순간 이제 남편에게 그만 의지해야 한다는 내면의 신호가 왔다. 이대로 가다가는 불 꺼진 거실에 혼자 앉아 있다가 남편이 오면 "이제 와…?"

라고 음습하게 물어보는 아내가 될 것만 같았다. 신랑은 늘 괜찮다고 했지만, 우리가 부녀지간도 아니고 언제나 의연하던 신랑도 한없이 받아줄 수만은 없을 터였다. 그래서 나만의 공간과 영역을 넓혀 스스로 스트레스를 처리하고자 했다.

속내에는 이런 이유가 있었지만, 남들 눈에는 걷고 발레하고 악기 배우고 책모임하고 여행 가고… 꽤나 속이 편해 보였을 것이다. 남들에겐 노는 것 같았겠지만 나중엔 마음의 허기가 커져서 혼자 이렇게 외쳤다.

"충분히 놀았다, 이 정도 놀았으면 됐어! 육아하느라 못 노는 게 뭔지 한번 느껴보고 싶어!"

지금 5개월째 병원과 집만 오가며 누워 지내다보니 놀 수 있을 때 정말 잘 놀아뒀다 싶다. 라푼젤처럼 집에 갇혀버렸는데 머리카락으로 탈출할 수도 없는 신세가 돼보니 그나마 임신 전에 이것저것 실컷 해둬서 다행이라는 생각이 들었다. 걷기는 공짜지만 발레는 비용이 확실히 나갔으나, 꾸준히 발레를 하면서 체력을 비축해둔 덕에 임신 기간 동안 그 체력을 까먹고 있다. 그러니 먹고 놀고 운동하고 여행 다니는 건, 할 수 있을 때 최대한 해둬도 전혀 손해 나지 않는 장사다!

천주교는 공식적으로 시험관 시술에 반대하고, 우리 부부는 천주교 신자다. 난임 환자들 사이에서 천주교는 첨단 의학 기술의 발달과 그에 따른 사회적 변화를 받아들이지 못하는 답답한 종교, 난임 환자들에게 상처를 주는 종교라는 인식이 깔려 있다. 그래서 난임 기간 중 신앙생활을 돌이켜보면 성당에 대한 애증이 뒤섞여 있다.

남편은 중학교 때 세례를 받았고, 나는 서른을 코앞에 두고 세례를 받았다. 아빠가 암 투병중일 때 절박한 심정으로 인도자도 없이 혈혈단신 세례 교리 수업을 들으러 갔고 수업을 받던 중 아빠가 돌아가셨다. 당시 교리 담당 신부님은 내가 열받아서 교리 수업을 때려치울까봐 걱정하셨다. 하느님께 도와달라고 성당을 찾았는데 나쁜 일이 생기면 배신당한 것만 같아서 종교에 등돌리는 사람이 많다고 한다.

신부님도 나도 그땐 몰랐다, 신부님의 말씀이 당시에는 해당이 안 됐지만 훗날 우리 부부의 미래를 예언하는 격이 됐다는 걸. 그 때는 신부님의 걱정에 완벽하게 동의하지 못했다. 전혀 준비가 안 된 상태에서 아빠를 잃고 약간 실성해서 허우적대던 상황이라 종 교가 유일한 구명조끼로 느껴졌다. 이제 막 발을 들인 성당에 발을 뺀다는 건 상상도 못할 일이었다. 어딘지도 모를 바다 한가운데 뚝 떨어졌는데, 구명조끼까지 벗어던질 수는 없는 노릇이니까.

생명을 주관하는 건 하느님이고, 아무리 발버둥쳐도 인력으로 어찌할 수 없는 순간이 살다보면 찾아온다. 30여 년을 철저한 무 신론자로 살아오다가 신앙을 갖고서야 이 사실을 조금이나마 받 아들일 수 있었다. 이렇게 써놓고 보니 아름다운 신앙 고백 같지만, 가족의 죽음을 통해서 이를 받아들이는 과정은 전혀 아름답지 않 았다.

그랬기에 난임 치료를 위해 대형 종합병원을 처음 찾았을 때, 아파서 온 게 아니라는 사실만으로도 감사했다. 그때까지 나에게 대형 병원이란 데는 죽음과 가까운 장소였지, 생명 탄생과 연관된 곳이 아니었다. 산부인과, 그중에서도 난임과는 참 묘한 곳이다. 보통 의학 치료는 환자를 죽음에서 멀리멀리 떼어놓으려 한다. 이미 세상에 나온 인간 생명체의 질병과 싸우는 게 보통의 의학이다. 그런데 난임과에서는 세상에 존재한 적도 없는 생명체를 만들려고 한다. 탄생부터 죽음까지, 병원에 인간의 온갖 생로병사가 존재한다면 난임과는 그 출발점이다. 신생아실보다, 임신부들이 방문하는 산과보다 더, 생명의 시작과 가까운 곳.

그래서 처음엔 많은 과 중에서도 난임과를 찾게 된 상황에 감사하자며 열심히 다녔다. 하지만 난임 치료를 계속할수록 아빠의 죽음을 통해 울며 겨자 먹기로 받아들일 수밖에 없었던 '생명은 인간이 주관하는 게 아니다'라는 벽에 다시 부딪혀야 했다. 의사도 할 수 있는 걸 모두 해보고, 나도 환자 입장에서 최선을 다하고, 나머지는 하늘에 맡길 수밖에 없는데 임신테스트기는 늘 한 줄이고 피검사 결과는 매번 영점 혹은 두 자리 숫자에도 못 미쳤다.

그때마다 스스로를 이렇게 위로했다. '아직은 때가 아닌가보다.' 인간의 계획표와 신의 계획표는 다르다는 말을 기독교에서 자주 한다. '그런데요 하느님, 제 계획표를 이렇게 구겨버리실 만큼 제 계획에 뭔가 문제가 있나요…?'

시험관 시술을 시작할 때가 난임 3년째였는데 그때는 성당에 안 나가겠다고까지는 생각하지 않았다. 마음이 어지럽다가도 텅 빈 성당에 들어가 앉아 있다보면 평온해졌고, 고해성사하면서 홀

쩍이고 나면 새롭게 시작할 힘이 생겼다. 사람이 참 자기중심적인 것이, 삶이 평온할 때는 동네 성당 고해성사실에 티슈가 상비되어 있다는 걸 몰랐다. 필요도 없고 보이지도 않았던 거다. 그런데 고해성사중에 눈물을 흘릴 정도로 삶이 구석에 몰리자 그제야 무릎 꿇고 앉아 있던 발치께에 놓인 티슈가 보였다.

시험관 고차수로 가는 가시밭길이 펼쳐지자, 몇 년 전 신부님이 예고한 '배신당한 느낌'이 슬슬 들었다. "두드려라, 그러면 열릴 것이다"라는 그 유명한 성경 구절이 있다. 무신론자이던 시절, 당최 말이나 되는 소리냐면서 혼자 콧방귀를 뀌던 구절이다. 두드리기만 하면 덜컹 열리는 문처럼 하느님이 만만한 분이라면 세상에 왜 이렇게 원하는 걸 못 가져서 힘든 사람이 많겠는가. 신자가 되어 성경을 읽어보니 저 구절 다음에 이런 문장이 뒤따라왔다.

"너희가 악해도 자녀들에게는 좋은 것을 줄 줄 알거든, 하늘에 계신 너희 아버지께서야 당신께 청하는 이들에게 좋은 것을 얼마나 더 많이 주시겠느냐?"(마태오 7장 11절)

한마디로, 인간이 갖고 싶은 걸 달라고 문을 두드리는 것과 관계없이 하느님이 보시기에 인간에게 좋은 걸 주시겠다는 말 아닌가. 난임인이 되어 이 구절을 다시 읽으니 자연스럽게 이런 의문이 들었다.

'하느님 보시기에 우리 가정엔 아기가 필요치 않아서 안 주시는

230

건가? 그렇다면 이 모든 노력은 다 헛된 것일까?'

이게 종교적으로 풀면 이렇게 쓰는 것이고, 한국적으로 풀면 더 간단하다.

'내 팔자엔 애가 없나? 팔자에도 없는 애를 가지겠다고 이 난리를 치고 있는 것인가?'

한창 예민할 때는 아동학대 뉴스만 보면 화가 치밀어서 하느님께 묻고 싶었다. "저는 아기 딱 하나만 바랄 뿐인데 왜 저에겐 안 주는 귀한 생명을 저런 집에는 보내셔서 죄 없는 애가 저렇게 학대당하게 하시는 거죠. 아기를 바라지 않고, 준비도 안 된 커플에겐 애가 쉽게 생기는데 왜 저희는 안 되는 겁니까…?"

아무리 두드려봤자 열리지 않는 문이라는 느낌이 차곡차곡 쌓이다가 결정적으로 성당에 발을 끊게 된 계기가 있었다. 몇 년 전부터 천주교에서는 낙태죄 폐지 반대운동을 대대적으로 벌이고 있다. 시험관 시술 전에는 '이미 생긴 생명체인데 낙태는 쉽게 찬성이 되질 않아' 정도의 느낌만 가지고 있었다. 의견이라고 내세울 정도로 심사숙고해본 적이 없었다. 그런데 묘하게도 시술을 해보니까 시술도 힘든데 임신과 출산은 얼마나 더할까, 게다가 원치 않는 임신이라면 그 육체적, 심적 부담을 당사자 말고 누가 알까 하는 생각이 들었다. 무엇보다도 시험관 시술, 임신, 출산은 모두 여성이 하는 일이니까, 당사자 여성이 아니고서는 누구도 왈가왈부할 수 없는 일이라고 생각하게 됐다.

특히나 낙태를 '죄'라고 단정하는 건 타인에 대한 오만일 수 있고, 법적으로도 아기 아빠에 대한 처벌은 극히 미약한 상태에서 여자만 벌주겠다는 게 너무 괘씸했다. 그래서 아기를 기다리는 입장임에도 불구하고, 천주교의 낙태죄 폐지 반대운동에 쉽사리 동의할 수 없었다. 그런데 천주교에서 생명수호주일을 맞아 낙태죄 폐지 반대 서명을 받겠다면서 내놓은 추기경 메시지에 이런 대목이 있었다.

"난임 부부들에게 새로운 희망을 안겨줄 가톨릭적 난임 극복 프로그램인 '나프로 임신법'은 (중략) 비윤리적인 인공수정이나 체외수정(시험관 아기)이 난임 부부들에게 마치 최후의 보루처럼 여겨지는 현실에서 (중략) 좋은 대안이 될 수 있습니다."

비윤리적인 인공수정이나 체외수정…? 비윤리적인…?

윤리적이라는 나프로 임신법은 뭔지 찾아봤다. 거칠게 요약하자면, 배란기가 되면 나오는 배란 점액의 상태를 관찰하여 부부관계일을 잘 잡는 것이 핵심이었다. 다른 사람들의 경우는 잘 모르겠지만, 나는 이 방법을 자연임신을 시도할 때부터 알고 있었다. 기초체온 재기처럼 매우 자연적이지만 난임까지 갈 것도 없고 자연임신 시도 초반에 쓸 수 있는 방법 중 하나로 알고 있다.

의학적으로 성공률이 30퍼센트로 시험관과 비슷하고, 일반 난임 병원과 달리 심리상담 쪽에 더 비중을 뒀다는 차별점도 분명 있어 보였다. 나프로 임신법으로 성공한 사람들에게는 이 방법이 당연히 유의미할 것이다. 그러나 지금 시험관을 수차례 진행한 사람들한테 너희는 비윤리적이니까 이 방법을 써보라고 권할 만한 방법인가. 될 듯 말 듯 재수 삼수 사수를 거듭중인 대입 수험생에게 초등학교 1학년 교과서를 다시 들이미는 것처럼 느껴졌달까.

심지어 2018년에는 낙태 반대 행렬을 하면서 "시험관 아기 또 다른 낙태"라는 피켓을 어린아이에게 들게 해서 난임 부부들의 가슴에 다시 한번 대못을 박았다. 많은 여성들이 어쩔 수 없이 선택하는 낙태를 시험관 시술을 비난하기 위해 시험관과 나란히 놓겠다는 의도도 너무 비열하게 느껴졌다.

천주교가 시험관을 또다른 낙태라고 규정하는 것은 배아도 생명으로 보기 때문이다. 배아 단계부터 사람인데 냉동 배아를 폐기하는 일은 낙태와 마찬가지라고 본다. 내가 사랑하고 위로받았던 종교의 입장에서 보면 지금 이 순간 난임 부부들의 살아 있는 고통보다 냉동 탱크에 보존돼 있는 배아가 더 중요한 걸까? 내가 좋아했던 곳에서 비윤리적이라는 딱지가 붙은 채 거절당했다고 느꼈다. 환영받지 못하는 소수 입장이 되니까 그동안 이혼을 불허하는 천주교 공동체 내에서 이혼 가정이나 싱글맘 가정인 신자들은 어땠을까도 다시 생각해보게 됐다.

추기경 메시지가 나온 날부터, 우리 부부는 성당에 안 갔다. 나야 무신론자로 살아온 세월이 더 길어서 종교를 이성적으로 분석하려는 성향이 강했는데, 가족들이 모두 성당에 다니는 가정환경 때문인지 남편은 묻지도 따지지도 않고 성당을 심리적 위안처로 삼는 성향이 강했다. 그래서인지 미사 드리면서 눈물 흘릴 때도 많았다. 난임 기간 동안 좀처럼 감정을 드러내지 않길래 남편에게 감정을 공유하자고 했더니 "난 성당 가서 울잖아"라고 대답할 정도였다. 원래 울 줄 아는 남자가 정신적으로 건강하다고 생각하고, 나랑은 공유를 못 해도 하느님이랑은 감정 공유가 된다고 하니 그다음부터는 성당에서 남편이 울면 하느님께 빚 갚는다는 심정으로 신랑 눈물을 열심히 닦아줬다.

오늘은 미사 가지 말고 쉬자고 얘기하면 남편은 "사탄이다, 사탄이 나타났어!"라고 대꾸하고 혼자 성당에 가기도 했다. 그랬기에, 내가 성당에 안 가는 것보다 남편이 성당에 발을 끊었다는 사실이 더 놀라웠다.

신앙과 종교는 다르다. 신앙은 정신적 영역이고, 종교는 인간이 만든 제도적 측면이 강하다. 교회에서 시험관을 반대한대도, 우리는 교회가 아니라 신을 믿으니까 흔들리지 않고 묵묵히 신앙생활을 이어나갈 수도 있었다. 가톨릭 사제들의 성추행 사건을 다룬 영화 〈스포트라이트〉를 보면 이런 장면이 나온다. 사제 성추행 피해

자가 자신은 성당에 나가지 않지만 스스로를 가톨릭 신자라고 생각한다고 말한다. 교회는 사람이 만든 공동체라서 언젠가 사라지겠지만, 자신의 믿음은 영원하다고. 이런 성인 같은 사람도 있는데, 우리 부부는 범인의 축에도 가까스로 드는 사람들이라서 추기경의 메시지를 읽고 함께 열을 내고는 우리끼리 (아무도 들어주지 않는) 성당 거부 선언을 했다.

반년 정도 휴식기를 가졌더니 다시 성당 생각이 났다. 임신이 돼서가 아니었다. 성당에 안 나가도 임신이 안 되기는 매한가지였다. 어느 순간 갑자기 기도를 하고 싶었다. 그래서 마음이 내켰던 어느 날, 9일 기도를 시작했다. 이름만 9일 기도이지 9일 기도를 여섯 번 해서 54일 동안 기도를 해야 완성되는 마라톤 같은 기도다.

난임 기간 4년여 동안, 이 기도를 여러 번 했지만 54일을 채운 적이 없었다. 초반에는 자연임신이 되기를 기도했고, 그다음에는 시험관이 성공하길 기도했고, 그다음에는 성공하길 바라지만 만약 아니라도 실패를 받아들일 수 있게 해달라고 기도했다. 이 기도의 문제점은 54일이 한 주기이기 때문에 자연임신 시도를 할 때든, 시험관을 할 때든, 기도 중간에 임신 결과를 알게 된다는 것이었다. 쭉 기도하다가도 임신 실패가 확정되면 울다가 그만두거나 열받아서 때려치우거나 둘 중 하나였다.

9일 기도 제목을 정해야 하는데 이번엔 뭐라고 기도하지, 꼭 아기를 보내달라고 할까? 아니면 실패해도 담대히 받아들이게 해달라고 할까? 그렇게 고민하면서 실로 오랜만에 묵주를 잡았을 때 속에서 터져나온 기도 제목은 둘 다 아니었다.

'하느님, 저 좀 살려주세요…'

그래서 그냥 그렇게 기도했다. 아기를 간절히 바란다. 하지만 이렇게 된 이상, 하느님 뜻이 뭔지 모르겠지만 우선 나에게 앞으로의 과정을 헤쳐나갈 힘을 좀 달라.

그렇게 기도를 이어가던 중에 2차 과배란을 하고, 담당의가 신선 이식을 미루고 냉동 이식을 권해서 이식이 한 번 늦춰졌다. 늦춰진 이식은 자연 주기로 진행했다. 자연 주기는 말 그대로 약으로 배란 주기를 통제하지 않고 난소가 하자는 대로 따라가는 방법이다. 이상하게 그달엔 배란이 늦어져서 처음에 예측한 배란일보다 실제 배란일이 계속 뒤로 밀렸다. 그러다가 드디어 배란 임박의 기미가 보여서 이식일이 확정되고 피검사 날짜를 받았는데 피검사날이 54일 간의 기도가 끝나는 다음날이 아닌가.

진인사대천명이 뭔지 알려주려고 하셨나, 기도를 다 하고 그 다음날 피검사를 하게 되다니. 그래서 기도가 끝나는 날까지 테스트기를 하지 않았다. 피검사 당일, 병원에 가기 전에 테스트기를 해봤는데 선명한 두 줄이 나왔다.

"기도해서 임신됐어요!"라고 떠들고 싶지는 않다. 그전에도 진심으로 기도했는데 안 됐으니까. 심지어 남편은 난임 기간 동안 거의 2년간 쉬지 않고 혼자 9일 기도를 이어간 적도 있다. '이렇게 응답이 없는데 저렇게 끈질기게 기도를 하다니' 남편이 존경스럽기까지 했다. 그러나 그때는 임신이 되지 않았었다. 그러니 내 기도와 임신 사이에 무슨 연관이 있는 양 여기는 것도 인간의 설레발일지 모른다.

무엇보다 기도해서 임신했다고 하면, 다른 종교를 가졌거나 종교가 없는 사람을 손쉽게 배척하는 것 같아서 듣기도 껄끄럽고, 하기도 찝찝하다. 실제로 기도해서 암을 이겨냈다는 사람들의 자신만만한 고백을 들으면, "그럼 우리 아빠는 그때 가족 중에 아무도 기도해주는 신자가 없어서 그렇게 빨리 빼앗긴 거냐"라는 반문이 생겼으니까.

약과 주사를 다 쓸 때는 안 되더니, 자연 주기로 이식했을 때 왜 아기가 왔는지, 그것도 어떻게 한 명도 아니고 두 명이나 착상이 된 건지 의사도 모르고 나도 모른다. 천주교에서 하지 말라는 시술을 하면서 인간이 신 앞에서 얼마나 미약한지 다시 깨달았다.

이 점만큼은 확실히 말할 수 있다. 기도하면서 정신적으로 버틸 수 있는 힘을 얻었고, 생명을 최종적으로 주관하는 능력은 인간에게 없다는 걸 다시 한번 배웠다는 것. 내 인생에 아기가 없을 수도 있었는데, 아기를 주셨으니 그저 겸허하게 감사할 뿐이라는 것.

세례를 받은 후 별 기복 없이 신앙생활을 한 내게는 난임이 처음 겪는 신앙의 위기였다. 하느님께 평생의 선물을 받았다고 감사하면서도 시험관 시술로 우리 아기들을 얻었다고 하면 신부님이나 수녀님에게 일장연설을 듣는 것 아닌가, 아직도 위축이 된다. 나보다 더 오랫동안, 20년 넘게 기복 없이 종교생활을 했던 남편은 지금도 성당에 가지 않는다.

첫번째 위기를 통과하면서 신은 내게 기댈 수 있는 버팀목, 눈물을 받아주는 안식처였지만 한없이 야속하고 원망스러운 대상이기도 했다. 종교가 있는 난임 커플이라면 다들 비슷하지 않을까. 감사와 원망 사이를 왔다갔다하면서 신과 엎치락뒤치락 내면의 싸움을 해야 하는 것. 물론 난임을 겪는 신자들에게만 해당되는 이야기는 아닐 것이다. 고통스러운 상황에 던져진 신앙 있는 사람이라면 다들 그러하리라.

3막

두 줄이다,
두 줄

6차 이식까지 실패했을 때, 첫번째 병원에 마지막 냉동 배아가 하나 남아 있었다. 한 달 쉬고 다음달에 마지막 배아 이식을 하는 일정을 잡았다. 그때 쉬면서 마지막 배아 이식에 실패했을 때를 대비해서 새로운 병원 예약을 잡았다. 이렇게 말하니 준비성이 철저해 보이지만 예약전화를 했더니 초진은 3개월 기다려야 한다고 해서 '3개월 후 이 의사를 제발 안 만났으면' 하면서, 초진 예약을 잡았다.

그때까지 시술에 대해 가타부타하지 않았던 남편은 진지하게 지금 병원에서 마지막 배아 이식까지만 하자고 제안했다. 더 하고 싶지 않다고. 그때 내 나이가 서른여덟 살, 만으로 서른여섯이었다.

의학적으로 가임력이 급격히 떨어지는 나이를 만 35세로 본다. 자연임신을 바라기엔 늦은 나이였지만, 시험관을 포기할 만큼은 아니었다. 이 애매한 시점에서 그만둔다면 나중에 분명히 미련이 남을 것 같았다. '딱 한 번만 더 해볼걸' 하고.

시술 기간중 나는 늘 아기가 생길 언젠가, 즉 미래를 생각했고, 남편은 시술중인 지금, 즉 현재를 더 많이 생각했다. 그래서 아기가 빨리 생겼으면 하며 조바심 내면서 속상해하는 나와 달리 남편은 아직 생기지도 않은 아기 때문에 임신 시도를 하기 전보다 우리가 행복하지 못하다고 힘들어했다.

폭주하는 기관차처럼 냉동 배아 이식을 연달아 받고, 그때마다 실패해 어쩔 줄 몰라 하는 내 모습에 남편은 이렇게까지 해서 아기를 낳아야 하느냐고 의문을 가졌다. 그리고 나의 집착에 브레이크를 걸고 싶어했다. 그랬기에 병원을 바꾸자는 내 제안에 어느 때보다 진지하게 그 브레이크를 작동시켰다.

나중에 분명히 후회할 것 같으니 병원을 바꿔서 과배란을 한 번만 더 해본 후, 다시 생각해보자고 남편을 설득했다. 자기가 역무원이 되어 아무리 깃발을 흔들어봤자 이 기관차가 당분간 폭주할 것임을 예감한 듯, 남편은 마지못해 하고 싶으면 그러자고 동의했다.

마지막 배아 이식도 실패로 돌아가자 배란 유도부터 3년여를 함께한 의사 선생님에게 작별 인사를 해야 했다. 그래서 마지막 진료 예약을 잡았는데, 의사 선생님이 다음 과배란도 장기로 할 거고 과배란 전에 자궁경을 해보자고 했다. 3년 동안 언제나 나보다 한 발짝 먼저 치료 계획을 세워뒀던 선생님. 나는 이제 병원을 바꾸려고 한다고, 그동안 우리 둘 다 할 만큼 했는데 안 됐으니 그냥 때가 아닌가보다 싶다고, 어렵게 입을 뗐다. 쉬는 동안 먹을 호르몬제를 처방해달라고 했고, 의사는 건강하게 잘 지내라면서 그간의 의료 기록지를 떼갈 수 있도록 해줬다.

대기실 소파가 열 개도 안 되고, 채취와 이식하는 방도 딱 하나, 대기하며 누워 있는 방도 딱 하나인 작은 클리닉이었다. 그만큼 가족적인 분위기였고, 시험관 하는 동안 친정 식구들보다, 내 친구들보다 의사 선생님과 간호사 선생님을 자주 봤다. 종합병원이라 산과도 있으니 선생님이 우리 아기를 받아주는 날을 상상하면서 병원에 다녔지만, 결국엔 그렇게 안 됐다.

마지막 두 번의 이식은 난임 카페에서 정보를 찾아봐도 이보다 더한 처방은 없을 것처럼 적극적인 처방이 내려졌다. 이럴 때 난임인들이 자주 하는 말이 있다.

"내 몸뚱어리가 문제지 뭐가 문제겠어요."

어느 병원, 어느 의사를 찾아가도 더한 처방이 없을 것 같은데 실패했을 때 하는 자조적인 말이지만, 가장 현실적인 말이기도 하다. 그렇다고 그 병원에서 시술을 계속하기엔 너무 지쳐서 환경이라도 바꿔보고 싶었다. 그래서 좀 쉬다가 만나고 싶지 않았던 새로운 병원의 의사를 만나러 대망의 첫 진료를 갔다.

두번째 병원은 듣던 대로 공장 같은 분위기였다. 병원이 휘황찬란한 궁전급이어서 첫날엔 남편이랑 두리번거리느라 정신을 놓아버렸다. '무슨 병원이 이렇게 화려해?' 대기 환자 수가 어마어마했지만, 이를 최대한 빨리 처리해내는 시스템도 갖춰져 있었다. 남편이랑 또 촌스럽게 '병원 앱이 있대! 앱으로 도착 확인을 하다니. 대기번호도 앱으로 뽑는다!' 하며 거듭 놀랐다.

초음파도 담당 교수가 직접 안 보고 소노그래퍼들이 따로 봤다. 이렇게 초음파실을 분리하면 의사 진료실에서 초음파를 볼 때 환자들이 주섬주섬 옷 갈아입고 진료대에 오르느라 허비하는 시간을 줄일 수 있을 것 같다. 이런 분위기 때문에 공장 같다고 싫어하는 사람도 있지만 우왕좌왕 업무 처리가 안 되는 분위기를 더 싫어하는 내 경우에는 모든 일이 절차대로 착착 진행되는 분위기가 나쁘지 않았다.

병원을 바꾸면서 의사를 선택한 기준은 딱 두 가지였다. 여자 선생님일 것, 시니어급으로 나이와 경력이 많은 분일 것. 두번째 병원에서 이 조건을 모두 충족하는 선생님은 딱 한 분 계셨다. 두근두근하면서 남편과 진료실로 들어갔다. 의사 선생님은 아주 차분하게 지난 의료 기록을 짚으면서 사실 확인을 했다. 해도 해도 드럽게(!) 안 되는 어려운 환자라고 생각했는데, 나의 시술 이력에 대해 선생님은 별말씀이 없으셨다. 전국에서 시험관 시술 건수로 10위 안에 드는 선생님이었는데 평생 난임 환자를 너무 많이 봐서 섣불리 감정 표현을 안 한 건지도 모르겠다. 잘될 거라고 호들갑 떨지 않고, 힘든 케이스라고 으름장부터 놓지 않아서 쿵쾅대던 가슴이 좀 진정됐다.

우선 당장 그달에 자궁경부터 진행해서 자궁상태를 보고 착상에 도움을 주도록 자궁내막을 살짝 자극하겠다고 했다. 그달에 자궁경을 해보니 자궁 안에 유착이 살짝 있어서 제거했을 뿐 별문제가 없었다. 그다음달에 과배란을 했다. 난자가 충분히 채취됐고 과배란으로 인해 여성호르몬 수치가 급격하게 치솟았기 때문에 그달에 바로 신선 이식은 하지 않겠다고 했다. 그다음달 냉동 이식을 준비해야 하는데… 의사가 건강상의 이유로 장기 휴진에 들어갔다. 이식하는 날 손을 꼭 잡고 기도해주기로 유명하신 분이었는데 그분께 이식을 못 받게 됐다.

휴진 전 마지막 진료를 보는 날, 냉동 배아가 열 개 나왔다는 걸 알게 됐다. 다른 의사 선생님들도 다 실력 있는 분이고 냉동 배아 개수도 충분하니 이식 잘 받고 좋은 결과 있기를 바란다고 인사했다. 3개월 걸려 만난 담당의와의 인연은 2개월 진료받고 이렇게 끝났다. 아쉽게도 이식은 못해주셨지만 냉동 배아 열 개를 만들어주시고 신선처럼 홀연히 사라지신 고마운 분이었다.

이런 연유로 이식을 진행해줄 의사를 정해야 했다. 같은 병원에서 원래 담당의만큼 시니어급인 분은 모두 남자였다. 그래서 그냥 젊은 여자 선생님에게 가기로 했다. 이쯤 되자 의사를 바꿔야 하는 상황이 청천벽력으로 느껴지지도 않았다. 그저 의사 처방에 내 몸이 잘 반응하기를 바랄 뿐이었다.

이식을 진행해줄 새로운 선생님은 항상 무슨 좋은 일이라도 있는 것처럼 싱글벙글하는 씩씩한 분이었다. 감정 노동도 해야 하는 내 직업의 특성상, 날마다 진짜 좋은 일이 있어서 늘 웃고 다니는 게 아니라는 걸 안다. 의사는 첫 진료 때 내 기록을 보더니 이렇게 말했다.

"이번엔 자연 주기로 해보죠!"

자연 주기 방법은 첫번째 병원에서 서너 번 실패한 후 의사가 제안했던 방법이었다. 자연 주기로 진행하면 초음파를 자주 봐야 하는데 그땐 일이 많아서 할 엄두가 나지 않았었는데 이번에는 마침 직장 일정에 여유가 있어서 그러겠노라 했다. 약은 질정 딱 하나만 처방받았고, 주사는 싹 없어졌다. 주사가 없으니 몸과 마음이 날아갈 것만 같았다. 질정 한 가지 정도야 아무것도 아니었다.

배란일 예측을 위해 자주 병원에 가야 했는데, 추정 배란일이 자꾸 늦어져서 시술 기간 동안 이때 질 초음파를 가장 자주 봤다.

이것도 그냥 그러려니 했다. 내 몸과 하늘의 뜻이려니. 지금 생각해 보면, 병원을 바꾼 후부터 뇌의 반쯤은 자포자기 상태로 꺼내놓고 다니고, 나머지 뇌 반쪽에 들러붙은 끈질긴 희망이 날 병원으로 이끈 것 같다.

이식하는 날, 시술 시작 후 처음으로 이식될 배아를 화면으로 봤다. 배아를 보여주는지 마는지는 병원마다 규정이 다른데, 새로운 병원은 보여주는 게 원칙이었나보다. 시술 침대 옆에 자리한 커다란 스크린에 동글동글한 배아 두 개가 띄워져 있었다. '앗, 저 배아가 잘 붙으면 아기가 되는 거구나… 귀여운 내 새끼들… 동글동글 맨들맨들 예쁘네.'

간호사가 보더니 "배아상태가 진짜 좋네요. 이런 배아 보기 쉽지 않은데… 부화까지 다 끝났어요"라고 했다.

자포자기한 쪽의 뇌에서 '지난 일곱 번 이식에서도 배아상태는 늘 좋았답니다'라고 말했고, 희망이 들러붙어 있는 쪽의 뇌에서 '헤헤, 정말요? 아이 좋아라' 하는 신호를 보냈다. 나중에 집에 와서 찾아보니까 부화까지 끝낸 배아를 감자 배아라고 부르고, 배양실에서 나올 수 있는 최상급의 분열을 한 배아라고 한다.

담당의가 또 '오늘 정말 좋은 일이 있는 것 같이' 웃으면서 들어와서 마음이 한결 놓였다. 이식은 언제나 그랬듯이 순식간에 끝났다. 그리고 침대에 누운 채로 대기실로 옮겨졌다.

이식 시간이 예상보다 늦어져 그날 꼭 참석해야 하는 점심 회식을 제시간에 도착하지 못할 것 같았다. 보통은 한 시간 정도 누워 있다가 가는데 40분을 간신히 채우고 택시 타고 회사로 달려갔다. 그나마 팀 회식 메뉴가 소고기라서 '착상에 좋겠네' 하면서 끝까지 싹싹 다 먹었다.

다음날은 시할머니 기일이라 한식당에서 가족모임을 했다. '할머니, 하늘에서 굽어보시고 이번엔 꼭 아기 주세요!' 하면서 끝까지 먹었다. 그후에는 질정만 유의해서 넣고 늘 이식 후에 하던 대로 생활했다. 걷기와 운동을 딱 끊고 너무 무리하지 않는 열흘. 음식도 한식 위주로 먹으려고 조심하긴 했는데, 피검사 전날 두툼한 패티가 들어간 버거가 너무 먹고 싶어서 더위를 뚫고 청담동까지 달려가서 버거 한 세트를 해치웠다.

퇴근하자마자 몸을 가눌 수 없이 잠이 쏟아졌다는 것만이 평소와 다른 점이었다. 하지만 이식 후 피검사 전까지의 열흘이 그해 최고의 폭염 시기였다. 원래도 이식 후에 피검사를 기다리면서 잠이 폭풍같이 쏟아져서 임신인가, 한두 번 속은 게 아니었다. 날씨까지 미친 짓을 하니 당연히 덥고 힘들어서 잠이 오는 거려니, 하고 졸릴 때마다 잠에 순종하며 푹 잤다.

9일 기도를 하면서 정신을 붙잡고 있어서인지, 아니면 반대로 더위가 정신을 혼미하게 만들어서인지, 임신테스트기의 유혹이 생각보다 강력하지 않았다. 피검사날이 하필 일요일이라서 정확한 수치를 들으려면 월요일까지 참아야 했지만 기적적으로 토요일 밤까지 임신테스트기에 손대지 않았다.

그리고 토요일 밤, 약을 넣어야 하는 시간이 되기 전에 피곤해서 잠들어버렸다. 눈을 번쩍 뜨니 새벽 세시가 넘어 있었다. 약을 넣어야 하는 시간보다 세 시간이나 늦은 시간이었다. 벌떡 일어나서 화장실에 달려갔는데 '자정이 넘었으니 오늘이 피검사하는 날이잖아? 그럼 임신테스트기… 해볼까?' 하는 생각이 들었다.

소변이 닿자마자 검사선이 뚜렷하게 나타났다. 붉고, 선명한 검사선.

두 줄이다.

시력이 나쁜 사람이 봐도 두 줄이야.

눈을 반쯤 감고 봐도 두 줄이야.

한밤중에 우렁찬 내 목소리가 우리집을 울렸다.

"여보오오오!"

곤히 잠든 줄 알았던 남편은 사실 내가 약을 까먹었다고 벌떡 일어났을 때 잠이 깼다고 한다. 약을 넣고도 남을 시간인데 화장실에서 안 나오다가 내 목소리가 울려퍼지자 단번에 임신인 줄 알았다고 한다.

"여보 아기가 왔어! 나 임신했어!"

남편은 두 줄이 뜬 임신테스트기를 보고 나와 똑같은 생각을 했다고 한다.

'아… 이게 진짜 이렇게 두 줄이 뜰 수 있는 물건이었구나.'

거실로 뛰어나와서 문자 그대로 제자리에서 빙글빙글했다. 두 줄이 뜨면 눈물이 줄줄 흐를 줄 알았는데 아니었다. 너무 기쁜데 팔짝팔짝하면 안 되니까 그냥 그 자리에서 뱅글뱅글 돌았다. 신랑도 신이 나서 웃으면서 뱅글뱅글 돌았다. 둘의 나이를 합쳐서 딱 80인 부부, 주책맞은 임신 확인의 밤이었다.

쌍둥이가
왔어요

일요일 새벽, 임신테스트기를 확인한 뒤 각성상태가 된 우리 부부는 해 뜰 때까지 잠을 제대로 못 잤다. 아홉시에 병원으로 가서 피검사를 했다. 집에서 비임신을 확인하고 피검사 하러 가면 발걸음도 무겁고 피가 그렇게 아까울 수가 없었는데, 그날만큼은 병원 가는 길이 즐거웠다. 제 피, 마음껏 뽑아가세요!

다음날 회사에서 피검사 결과를 알려주는 전화를 받았다.

피검사 수치 483.

HCG 수치가 100을 넘으면 안정권이라는데 그동안 10까지도 나온 적이 없었다. 임신 아니어도 좋으니 10 정도의 숫자라도 보고 내 몸이 착상 가능한 몸이라는 희망이라도 가지고 싶었는데 저런 수치가 나오다니. 두 줄이 뜬 임신테스트기를 봤을 때와 비슷한 감정이 생겼다. '아… 이런 수치도 정말 나올 수 있는 거구나.' 이틀 후 2차 피검사가 있어서 수치가 두 배로 잘 뛰기만을 바랐다.

2차 피검사 수치는 1091.

간호사는 수치가 안정적으로 올랐으니 일주일 후 초음파를 보러 오라고 했다. 수치가 이 정도로 치솟자 남편은 쌍둥이가 아닐까 기대했지만 검색해보니 쌍둥이의 경우 피검사 수치가 대체로 높긴 하나 피검사 수치가 높다고 모두 쌍둥이는 아니라고 했다. 단태아라면 단단하게 착상중이라는 증거이니 단태아든 쌍둥이든 더할 나위 없이 감사했다.

이때까지 임신 사실은 동생에게만 말했다. 너무 기쁘면서도 그만큼 얼떨떨했다. 이게 꿈인가 생시인가, 잘 믿기지 않았다. 2차 피검사가 끝나고 첫번째 초음파를 기다리던 어느 날, 동생과 점심을 먹기로 했다. 약속 장소로 걸어가는데 갑자기 번개 맞은 듯이 현실 감각이 돌아왔다.

나 임신했네.

나 임신했어.

그래, 나 진짜 임신한 거야.

그동안 못 느껴온 것만큼, 단번에 실감하게 됐다. 이게 꿈이 아니구나. 갑자기 기자라도 돼서 '팩트 체크'를 한 느낌. 임신이 팩트

다. 그러자 온 세상에 외치고 싶어졌다. "지금 제 뱃속에 아기가 있어요!" 대학 합격했을 때도, 취직했을 때도 느끼지 못한 기분이었다. 그렇게 구름 위에 둥둥 떠서 식당에 도착했더니 동생이 앉자마자 "언니, 나 여기 오는데 지나가는 사람이라도 붙들고 우리 언니 임신했다고 자랑하고 싶었어"라고 했다. 시험관의 모든 과정을 함께하며 동고동락한 동생이라 할 수 있는 말이었다.

폭발하는 기쁨을 누르고 '침착해야지…' 스스로를 진정시키면서 첫 초음파 날을 손꼽아 기다렸다. 별 증상이 없고 배가 나오지도 않았으니 아기가 잘 붙어 있는지 확인할 길이 없어서 시간이 더디게 갔다.

마침내 그날, 초음파실 화면에 아주 작은 하얀 점으로만 보이는 난황이 반짝하고 떴다. '너구나… 그렇게 오래 기다리게 하더니… 잘 왔어. 고마워.'

그제야 소노그래퍼 선생님이 달리 보였다. 조도가 낮은 방에서 하루종일 환자들 난소와 자궁만 보는 소노그래퍼들은 답답하지 않을까라는 쓸데없는 궁금증이 있었다. 가만히 생각해보니 소노그래퍼들은 이 작은 방안에서 여자의 난소와 자궁에서 벌어지는 다양한 드라마를 목격하겠구나 싶었다. 난포가 잘 안 보이는 사람, 난포가 적절히 잘 자란 사람, 난포가 너무 많이 자란 사람, 내막이 얇거나 두꺼운 사람, 내막이 도톰하게 잘 자라준 사람, 근종이 있는 사람, 없는 사람, 임신 성공한 사람, 유산 진행중인 사람, 난황과 작은 점으로 보이는 아기부터 심장이 쿵쾅대는 아기까지.

소노그래퍼 선생님은 푸근하게 웃으면서 이것저것 설명해주고 사진을 건네줬다. 의사든 소노그래퍼든 초음파를 보면서 이렇게 편안한 분위기에서 웃기까지 하는 건 처음이었다. 그동안은 딱히 웃을 일이 없었고, 좋지도 않은 상황에서 함부로 웃었다가 분위기만 이상해질 테니 당연했다.

초음파 사진을 받고 검사복 어딘가에 잘 숨겨서 나왔다. 초음파실을 나가면 바로 대기실인데 대기자들 앞에서 사진을 펄럭이고 싶지 않았다. 밖에서 기다리던 남편이 사진을 보여달라길래 이따가 나가서 보라고 했다. 대기자가 많은 장소에서 임신 성공했다고 여기저기 전화를 걸거나, 대놓고 초음파 사진을 펄럭이며 와자지껄하지 않는 것은 난임 병원 대기실의 불문율이다.

상태가 좋으니 다음주에 2차 초음파를 보러 오라는 담당의의 말을 듣고, 수납 창구에서 임신확인서를 받았다. 병원 문을 등질 때까지 비져나오는 웃음을 꾹 참았다. 병원에서 좀 멀어지자 그제야 얼굴에 미소가 번졌다. 남편이 갑자기 변하는 내 표정을 보더니 '지킬 박사와 하이드씨'냐며 킬킬댔다. 우리는 차 안에 들어가서 기다란 초음파 사진을 펼쳐보며 신기해했다.

2차 초음파를 기다리면서 집에 남은 임신테스트기를 아무 생각 없이 해봤더니 검사선이 완전히 흐려져 있었다. '혹시 무슨 일이 생긴 건가' 잔뜩 겁을 먹고 급하게 병원에 갔다. 그날, 아기집으로 추정되나 확실치 않은 뭔가가 하나 더 보인다고 했다. 새로운 아기집이라면 너무 작은데 원래 보이던 아기는 잘 크고 있다고 했다. '무슨 일이 생기는 건 아니겠지' 걱정을 안고 40일 같은 4일을 기다려서 원래 보기로 했던 2차 초음파를 봤다.

쌍둥이였다.

아기집인가 아닌가, 긴가민가했던 녀석이 나흘 동안 쑥쑥 커서 '내가 쌍둥이입네' 하며 존재감을 내뿜었다.

쌍둥이라니!

처음으로 배아 두 개를 이식했지만, 쌍둥이가 올 거라고는 기대도 안 했다. 막연하게 '내가 동생이 있어서 좋으니까 둘을 낳으면 좋긴 하겠다' 정도로만 생각했지 정말 둘을 낳겠다고는 꿈도 안 꿨다. 자연임신, 과배란 유도 임신, 시험관 임신까지 단계별로 임신에 대한 바람이 산산조각 깨져나가는데 두 번의 임신이든, 한 번의 쌍둥이 임신이든 다 부질없는 상상이었다. 마흔이 코앞인데 두 번의 임신은 그것대로 과한 욕심이었고, 쌍둥이 임신은 그 자체로 고위험인데 나이까지 생각하면 더더욱 넘봐서는 안 되는 꿈이었다.

그런데 부질없다고 여기며 저멀리 치워놓은 장면이 내 눈앞에 생생하게 펼쳐졌다. 초음파실에 두 명의 심장 소리가 차례로 커다

랗게 울려퍼졌다.

'쿵슈쿵슈쿵슈쿵슈…'

벌어져야 할 일은 이렇게 벼락같이, 예상을 보기 좋게 부수면서 벌어지는구나.

안 그래도 피검사 수치가 높을 때부터 의심스러웠다면서 신랑은 너무나 기뻐했다. 둘이 여행 다니면서 살자던 그 사람이 맞는지. 길거리에서 지나가는 아기만 봐도 눈을 못 떼던 나한테 도대체 생판 모르는 아기가 왜 예쁘냐고 못마땅해하던 그분이 맞는지. 언제는 병원 바꾸지 말고 그만하자고 무섭게 말하더니… 심지어 남편은 이번 시술 전 하와이에서 스노클링을 하면서 봤던 거북이들이 쌍둥이 예고였다고 했다. 첫날 본 거북이가 처음 보인 아기이고 그다음날 본 거북이가 나중에 보인 아기라고.

단태아 임신확인서를 쌍태아 임신확인서로 다시 발급받고, 양가 가족들에게 쌍둥이 소식을 알렸다. 모두 오랫동안 기다려온 만큼 함께 기뻐해주셨다. 마음 여린 친정엄마는 소식을 듣자마자 울음을 터뜨렸다. 시아버지께 그동안 임신에 대해 묻지도 않으시고 얼마나 답답하셨느냐고 했더니 이런 대답이 돌아왔다. "솔직히 너희 눈치만 봤지 뭐. 허허허." 어머님은 "그거 물어서 뭐하니, 너희 마음만 아프지…"라고 하셨다. 중년이 다 된 장성한 자식이라고 해도, 양가 부모님이 이렇게 말없이 지켜봐주신 것이 우리도 모르는 사이에 마음의 울타리가 되고 소위 말하는 '부모님 그늘'이 됐을 거라고 믿는다.

가까운 친구들 몇몇에게도 이때쯤 소식을 알렸는데, 눈물을 흘리는 친구들이 있었다. "나 임신했어"라고 입을 떼자마자 아무 말도 못하고 눈물부터 흘린 친구가 있는가 하면 "네가 그 말 하기를 얼마나 기다렸는지 알아?"라며 울먹이는 딩크 친구도 있었다. 오히려 덤덤하던 내가 친구들의 눈물을 보고 고마워서 눈물이 차올랐다.

1차 피검사부터 쌍둥이 확정을 받기까지 17일이 걸렸다. 그후 며칠 지나서 입덧의 늪에 빠졌고, 입덧이 끝날 때쯤엔 하혈을 하면서 유산 위험이 있다고 판정받아 입원을 했다. 두번째 입원 후 퇴원을 하고는 5개월 넘게 집에서 누워 지냈다. 임신까지도 모든 힘을 짜내는 과정이었는데, 임신이 된 후에도 결코 쉽지 않았다.

어렵게 온 아기들을 지키고 싶고 지켜야 한다는 생각에 떨었을 때도, 병원과 집에 갇혀서 이도 저도 못하는 처지에 우울해졌을 때도, 기나긴 난임 기간과 순전히 기쁨만 가득했던 임신 확인 후 17일의 기억 덕분에 버틸 수 있었다.

무사히 아기들을 만날 날은 도대체 언제 오나 싶고 남은 날들이 까마득해서 출산 예정일이 100일 남았을 때 창문에 포스트잇을 백 개 붙여놓았다. 하루가 지날 때마다 하나씩 떼면서 버티고 있다. 포스트잇 백 개라니 몸에서 사리가 나올 것 같은 숫자로 들리겠지만, 이 기다림은 난임 기간에 아기를 기다리는 막막함보다 나았다. 이건 출산 예정일이라는 정확한 끝이 있는 기다림이고, 난임의 고통은 끝을 알 수 없다는 점에서 비롯됐으니까.

주변에서 쌍둥이 육아가 힘들 텐데 어떡하느냐고 걱정한다. 앞으로 펼쳐질 육아가 아무리 힘들대도, '최초의 17일'을 잊지 않았으면 좋겠다. 얼굴도 모르고 이름도 없이, 태아 단계도 되지 못했던 아기들. 콩알만한 아기집과 난황만을 초음파로 확인했을 뿐인데 아기들이 존재한다는 사실 자체가 갑자기 내 생을 덮어버린 기쁨이 된 그 순간.

임신의 기쁨도 괴로움도, 셋이 한몸으로 지내는 날도 얼마 남지 않았다. 예정일까지 잘 버텨서 우리 셋 모두 출산과 출생의 임무를 무사히 마치기만을 바란다. 아기들이 태어난 후 우리 네 식구에게 지금까지 힘들었던 만큼 더 반짝반짝 빛나는 날들이 펼쳐지기를.

나오며, 가을

삶의
두번째 봄

추위가 가시지 않은 초봄 어느 날, 남매 쌍둥이의 엄마가 되었다. 수술대에 누워 갓 세상에 나온 아기들을 마주하는 순간, 마취된 하반신처럼 정신도 마취된 듯 얼떨떨하기만 했다. 기쁠 줄만 알았는데 나를 압도했던 감정은 기쁨이 아니라 안도감이었다. 그토록 바랐던 대로 안전하게 임신이 종료됐다는 안도감. 아기들이 예쁜 줄도 잘 모르겠고, 그저 진통제를 더 달라고 끙끙대기만 했다.

마음의 마취가 풀린 건 제왕절개 수술 이틀 후, 옴짝달싹하지 못하고 누워서 출산 준비 가방에 급하게 넣은 시집을 펼쳤을 때였다.

새봄이 앞에 있으니 좋다.

한파를 겪은 생명들에게 그러하듯이.

(문태준, 『내가 사모하는 일에 무슨 끝이 있나요』, 문학동네, 2018, 시인의 말 중에서)

아기들이 나의 새봄이었다. 눈물이 하염없이 쏟아졌다. 두 아이의 엄마라니, 내가 그려왔던 것보다 훨씬 더 근사한 꿈이 눈앞에 있었다. 이 문장을 마주하고서야 지난 몇 년 동안 바라던 일이 이루어졌다는 걸 실감했다. 내 삶의 두번째 봄이 시작됐구나.

여기까지 쓰면 영화처럼 근사한 결말이 될 것 같지만 현실은 조금 달랐다. 오랫동안 기다렸던 행복은 때로 물컹해서 손에서 미끄러지기만 하는 젤리 같았고, 때로는 손가락 사이로 속절없이 빠져나가는 모래알 같았다. 자고 있는 아기의 코밑에 손가락을 대고 숨을 잘 쉬고 있는지 확인할 때면 가슴이 쿵쾅거렸고, 갑자기 팔에 힘이 빠져서 안고 있던 아기를 바닥에 떨어뜨리는 꿈을 꾸곤 했다. 아기를 안을 때면 나 때문에 아기가 부서지지 않을까 심각하게 무서워한 적도 있다. 한마디로 '이게 꿈인지 생시인지' 하며 불안해하는 상황이 지속됐다.

불안은 아기들과 함께 사계절을 나면서 점점 옅어졌다. 언젠가 냉동 이식을 하러 가던 날 마주한 단풍이 그림처럼 아름다워서 '훗날 아기가 태어나면 세상의 아름다운 풍경들을 많이 공유해야지'

하고 다짐했었다. 세상의 아름다운 것을 아기와 공유하는 일은 내 예상처럼 우아한 일은 아니었지만, 내 예상보다 벅차게 행복했다.

봄날의 햇볕을 받으면서 레스토랑 야외석에서 아기가 깰까봐 전전긍긍하면서 첫 외식을 마쳤던 일, 여름휴가로 간 호캉스에서 딸이 호텔방이 떠나가라 울어대서 집에 돌아가야 하나 심각하게 고민했던 일, 그날 밤 아기 둘과 호텔방 창문에 붙어서 서울 야경을 구경했던 일, 날씨 좋은 가을날 온몸을 비틀어대며 우는 아기들을 달래가면서 유아 세례를 받은 일, 크리스마스 케이크에 번개처럼 달려드는 아기들을 각자 안고 힘겹게 케이크를 잘랐던 일… 그리고, 분유 먹이고 이유식 먹이고 똥 기저귀 치우고 우는 아기를 안아 달래고 재우던 하루하루.

이 모든 특별한 사건들과 특별할 것 없는 매일의 일상을 온몸으로 겪어내고 나서야 엄마가 됐다는 걸 체감했다. 늘 현실에 한 발 늦게 반응하는 성격 탓인지 '우리 네 가족'이 꿈이 아니라 생시라는 걸 깨닫기까지 꼬박 1년의 시간이 걸렸다.

느리게 성장하는 미련한 엄마가 키워도, 아기들은 쑥쑥 커서 얼마 전 돌이 됐다. 아기를 낳고 다시 맞이한 봄에, 병원과 집에서 누워 지내면서 휴대전화로 썼던 글을 세상에 내보낸다. 이 글이 아기를 기다리는 분들에게 조금이라도 위로가 되기를, 간절히 바라는 사람들의 집에 아기 천사가 하루빨리 찾아가기를 진심으로 기도한다.

둘에서 넷으로,
행복의 확장

아내가 에필로그 쓴 것을 보여주다가 슬그머니 한마디 툭 내뱉었다. 남편의 에필로그를 한번 써보겠느냐고… 얘길 듣자마자 "여보 책에 내가 굳이 뭐 하리!" 하며 손부터 내저었다. 그런데, 그 얘기를 듣고 나서부터 머릿속에 무슨 얘길 좀 해보면 어떤가 하는 생각이 끊이질 않다가, 출판사에 원고를 보내야 하는 마감일 새벽 여섯시에 쌍둥이 방에서 아들의 잠꼬대 겸 옹알이 노래를 들으면서 시작을 하게 됐다.

아내의 난임 일기는 아내가 절박유산으로 힘들게 임신생활을 해나가는 여러 달 동안 아내 스스로가 정한 출근일지 같은 것이었다. 규칙적으로 글을 적고 블로그에 올리는 일을 임신 기간 내내 지속했고, 난 아내의 열렬한 독자가 됐다.

아내와 난 참 많이 다르다. 서로 간의 다름을 인정하고 그 인정을 바탕으로 지금까지 서로 사랑하며 살아오다보니 우리 부부 옆에 신기하게도 갓 돌을 지난 쌍둥이가 그것도 남매로 있다. 그 모든 것이 아내의 간절한 소망과, 모든 것을 내려놓고 싶을 만큼 힘들었을 때 다시 한번 더 힘을 모아 노력하고자 했던 열망 때문에 가능했다. 난 사실 딩크란 말도 경제학적 관점에서만 알았지 내가 그 범주에 속하게 된 것인지에 대한 개념조차 설정하지 않고 살았다. 그저 아내랑 만나서 연애하고, 결혼해서 매일 함께 지내는 삶이 너무 좋았다. 그래서, 우리 사이에 아이라든지 혹은 다른 어떤 존재가 필요하다는 생각 자체를 무의식적으로도 하지 않았던 것 같다.

아내가 처음 아이를 갖자고 했을 때, '아내가 하고 싶으면 같이 해봐도 이것 또한 좋은 일이겠다!' 정도가 내 생각이었다. 그런데, 난임의 기나긴 과정을 거치면서 시험관 시술을 거듭할수록 정신적, 육체적으로 피폐해가는 아내를 바라보면서, 어느새 우리 사이에 오가는 대화의 상당 부분이 시술 실패에 대한 위로나 다음 시술에 대한 '하염없는' 기대로 채워졌다. 그래서, 7차 시험관이 실패로 끝난 후 정말 그만하고 싶었다. 우리 둘이 연애하고 사랑해서 결혼하고 너무나도 행복했기에 그 시절로 돌아가고 싶었다. 그렇지만, 아내는 나와 참 많이 달라서인지 그런 행복을 우리의 아이로 확장하고 싶었나보다.

작년 봄 쌍둥이가 우리 품에 왔다. 첫아이가 태어나면 남편들이 감정이 북받쳐올라 눈물을 흘리는 영상이나 뉴스를 종종 보았다. 나도 그럴 것 같다고 생각하면서 아기들을 기다려왔는데, 막상 쌍둥이의 출산일이 급박하게 변하고 출산의 모든 과정이 정신없이 진행되면서 감정이란 것을 느낄 여유도 없었다. 제왕절개를 받은 산모의 보호자이자, 갓 태어난 남매 쌍둥이의 보호자로서 병원과 조리원에 대한 모든 진행을 오롯이 혼자 해야 했기에.

그런데, 쌍둥이가 우리 품에 온 지 366일째 되던 날 저녁, 아이들이 노는 것을 보다가 갑자기 하염없이 눈물이 흘렀다. 우리 부부가 결혼한 7년 전부터 아이를 갖기 위해 노력한 시간, 어렵게 아이들이 태어나서 지금까지 자란 모든 시간들이 머릿속에서 영화처럼 흘렀다. 그때 갑자기 딸이 어기적어기적 걸어오더니 마치 날 위로하는 것처럼 내 머리 위에 살포시 머리를 댔다가 코를 깨물었다. 눈물범벅이 되어 엉엉 울었는데, 마음은 너무 행복했다.

아내 덕분에 난 나 스스로 단 한 순간도 상상해보지 않았던 행복을 매일 마주하면서 살게 되었다. 물론 지난 1년이 정말 눈 깜짝할 사이에 지나갔고, 신생아 돌봄이 정말 육체적으로 힘듦을 뼈저리게 체감했다. 그리고, 아이들이 커가면서 또다른 어려움이 나에게 닥쳐올 것이라는 사실도 안다. 그럼에도 불구하고, 아내가 굳은 의지와 노력으로 선물해준 이 행복 덕분에 아마 잘 견뎌낼 수 있으리라는 것도 직감할 수 있다.

아내의 책이 출간될 때 내가 쓴 이 보잘것없는 글이 실릴지는 알 수 없지만, 지난 몇 년의 시간을 돌아볼 수 있는 기회를 갖게 해준 것에 대해 내가 세상에서 제일 사랑하는 여자인 아내에게 정말 감사하다는 말을 꼭 전하고 싶다. 물론 아내가 선물로 세상에 데려온 우리 쌍둥이들에게도!

결혼하면 애는 그냥 생기는 줄 알았는데
ⓒ 최가을

1판 1쇄 2020년 6월 19일
1판 2쇄 2023년 7월 13일

지은이 최가을

기획·책임편집 임혜지 | 편집 이희연 황은주
디자인·일러스트 이효진 | 저작권 박지영 형소진 최은진 서연주 오서영
마케팅 정민호 한민아 이민경 안남영 김수현 왕지경 황승현 김혜원
브랜딩 함유지 함근아 박민재 김희숙 고보미 정승민
제작 강신은 김동욱 이순호 | 제작처 한영문화사

펴낸곳 (주)문학동네 | 펴낸이 김소영
출판등록 1993년 10월 22일 제406-2003-000045호
주소 10881 경기도 파주시 회동길 210
전자우편 editor@munhak.com | 대표전화 031)955-8888 | 팩스 031)955-8855
문의전화 031)955-3579(마케팅) 031)955-8868(편집)
문학동네카페 http://cafe.naver.com/mhdn
인스타그램 @munhakdongne | 트위터 @munhakdongne
북클럽문학동네 http://bookclubmunhak.com

ISBN 978-89-546-7274-0 03810

www.munhak.com